致我最讨厌的你

下册

Zoody 著

青岛出版集团 | 青岛出版社

第十一章
生日快乐

　　回复岑蔚"晚安"后,周然放下手机。
　　不知道屏幕上的电影播放到哪儿了,他退出页面,重新换了一部电影看。
　　电影是他随便选的,是一部日系爱情片。女主总是围着一条宽大的格纹围巾,围巾和岑蔚的那条围巾有点儿像。
　　好吧,周然认输般叹了口气,今天没法睡觉了。
　　他没回家住,在外面找了一套公寓。
　　翌日上午,他开车去了一趟父母家。
　　走进楼道里时,他刚好碰上买菜回来的杨玉荣,喊了一声"妈",接过她手里的袋子。
　　杨玉荣应道:"你回来啦?"
　　"你怎么买了这么多菜?"周然提了提袋子,沉甸甸的。
　　"不多,你难得回来一次。"

家里还是和以前一样,到处放着东西,但在杨玉荣的打理下一切又井井有条。

进门时周然瞥了一眼鞋架,她总是只穿那几双鞋。

"我给你钱,是让你给自己买点儿吃的穿的,别老把钱花在家里和我爸身上。"周然把塑料袋放在厨房里,脱下外套,作势要撸起袖子。

杨玉荣赶紧拦住他,赶他出去:"用不着你做饭。你去给你爸打电话,问问他什么时候回来。"

母子俩的个头差别很大,杨玉荣自然推不动他。

周然站在厨房门口,叹了口气,无奈地说道:"你看看你。"

"我怎么了?"

"你、奶奶、婶婶,都一个样,有时候我就希望你们多学学小姑。"

杨玉荣打开水龙头,娴熟地开始洗菜:"难道我现在过得不好吗?你去把糍粑从冰箱里拿出来。糍粑是奶奶做的。"

周然"哦"了一声,转身去拿糍粑。

看杨玉荣一下子炸了七八片糍粑,周然说:"咱们吃不了这么多糍粑吧?"

"我等会儿给楼上的小两口送点儿这个。"

周然很久没回来过了,问:"谁呀?"

杨玉荣说:"他们是今年刚搬过来的,上次家里的空调坏了,就是楼上的小伙子来帮忙看的。你又不在我们俩身边。我和他们搞好关系,总能有个照应。"

周然摸了一下右耳,开口说道:"妈,其实,我已经向公司提出申请了,明年就调到这里来上班。"

"你说什么?"杨玉荣关闭吵闹的油烟机,"什么叫'调到这里来'?"

"就是我要来家这边的分公司上班，一样的。"

杨玉荣急了，说："什么'一样'？你别骗我，在那里干得好好的，干吗突然要调过来？"

周然笑了笑："那我要回来，你还不高兴了呀？"

杨玉荣"啧"了一声，说："我和你爸只希望你好好地工作、出人头地，到了年纪赶紧找老婆，家里的事不用你操心。"

周然回嘴："那我工作上的事也用不着你操心。"

"好好好，我不管，那你的老婆呢？这个我总可以问问吧？"

周然移开目光，不说话了，离开厨房逃到客厅里。

杨玉荣提高声音喊："我和你说呀，楼上的姑娘有一个妹妹。她妹妹和你差不多大。"

周然假装没听见杨玉荣的话，不应声。

"我去把人家的微信帮你要来。"

"不用，我有对象。"

杨玉荣从厨房里走出来："哪儿呢？"

周然声音低了下去，说："我正在追。"

"还是之前的那个？你都追了几年了？"

周然愣了愣，反应过来后无奈地说道："周采虹怎么什么事都和你说？"

杨玉荣越想越觉得情况不容乐观，叹气道："到时候，妹妹都得比你先结婚。"

添加陈遐为微信好友后，岑蔚把自己的简历和作品集一并发送了过去。

对方和她约在周二晚上见面，地点就在岑蔚家附近的心橙咖啡店里。

陈遐是标准的白领丽人，从业多年，知性干练。

看完岑蔚的工作经历，她问："方便问一下你为什么会从原设计公司辞职吗？这两年你也没有再从事与设计相关的工作？"

岑蔚捧着咖啡杯，回答："当时家里有点儿事，现在事情已经解决了。"

陈遐点点头，又和岑蔚聊了一些薪资待遇之类的常规问题。

最后她说："你是周副总推荐的人，之前又和心橙合作过，希望这次你可以一直走下去。"

乍然听到"周副总"，岑蔚都有些没反应过来，不知道周然已经晋升到副总了。

陈遐向她伸出手。岑蔚扬起笑容，礼貌地回应道："当然，我也一直在等这样一个机会。"

新公司在十字金街的一栋写字楼里。新的一周开启，岑蔚正式入职成为设计总监，并且第一次有了自己独立的办公室。

坐上皮质办公椅的那一刻，她身心舒畅，觉得人生都圆满了。

第一批产品预计在明年的二月上市，是春日限定系列。手底下的设计师提交了方案，岑蔚看过方案之后觉得都不满意。

"每年一到春天，图案就全是粉色的樱花，太腻了，要是不用花作为元素呢？"她用手指夹着笔，撑着下巴问，"蜜蜂或者蝴蝶？把色系定在浅黄色或紫色上。"

在会议室里待了一个下午，岑蔚活动着酸痛的脖子，走进茶水间里。

最初的新鲜劲过去后，上班的底色仍旧是痛苦。

她靠在吧台的边上，解锁手机屏幕，今天已经是二十九号了。

他们那次见面之后，没过几天周然就回了蓉城，也不怎么主动联系她了。

也是，他是副总，肯定很忙吧。

岑蔚滑开屏幕，想了想又锁上屏幕，把手机塞回口袋里。

这个浑蛋，难道找她真的就是让她来打工的吗？

元旦调休毁了周末，岑蔚下班回到家里，累得不想动弹。

但她还是坚持熬到了零点，为了做第一个祝他生日快乐的人。

岑蔚给周然打电话，对方接听得很快。岑蔚笑了笑，说："我怕你睡了。"

周然在那头说："我怕你睡了。"

"生日快乐，三十岁快乐。"

粥粥趴在她的旁边。岑蔚摸着它柔顺的毛，在想另一个周周。

"嗯。"周然的声音听上去很放松，他带着笑意说，"谢谢。"

夜已深，岑蔚也已经把祝福语说完了。

但他们都舍不得挂断电话。

"对了。"岑蔚轻轻地开口，"周然，从今天开始换一个梦想吧，不要什么林中小屋，我希望你有一个温暖的地方，然后和你爱的人永远在一起。"

他顿了顿，应了一声。

那天早上，岑蔚发现周然换了微信头像。他的新头像是一个白底红字的马克杯，杯身上写着"MY HOUSE MY RULES MY COFFEE（我的房子，我的规则，我的咖啡）"，背景应该是他的办公桌。

岑蔚认出这是《利刃出鞘》里玛塔用的那个杯子。因为她的办公桌上有一个一模一样的杯子。

元旦假期一晃而过，一想到接下来还要连上七天的班，岑蔚就觉得生无可恋。

新杯子的样品到了，共有十二个。今天他们要商量一下，敲定最终的八个款式。

一到公司，岑蔚就先喊助理泡咖啡。浓雾将落地窗外的街景笼罩，让上班族们更加无精打采。

看样子是要下冬雨了，气温连续好几天骤降。

好在今年过年早，等忙完这一阵，她就可以安心地等放假了。

春节的前一周，岑蔚在微信上问周然什么时候回来。他说还不确定。

岑蔚用双手捧着手机，想问他是不确定什么时候回来，还是不确定回不回来。

她低着头专心致志地编辑文字，没注意脚下的路，差点儿一头撞到柱子上，把自己吓了一跳。

大概是因为她刚刚的反应太滑稽，身后的男人轻笑了一声。

脸一红，岑蔚闷头快步走进电梯里。

电梯里很空旷，男人走进来的时候，岑蔚手臂交叉抱在胸前，靠在扶杆上，低垂眼帘，面容平静。

她自以为摆出了一个云淡风轻、泰然自若的造型，可一不留神，就变本加厉地出丑。

"去几楼？"

"啊？哦。"岑蔚这才惊觉自己忘了按楼层的按钮。

把手伸到一半，她停下动作，猛地抬起头。

周然目不转睛地看着她，嘴角带着笑意。

"喂。"岑蔚觉得无奈又想笑，用拳头捶着他的胳膊，"你是什么时候回来的？"

"昨天。"周然抬手，在面板上按下数字，"你知道现在几点了吗？"

"知道。"岑蔚放松下来，懒懒地说道，"我一不小心起晚了嘛。"

她问周然："你是来视察工作的吗？"

周然抬起头，没否认这点。

"你帮我拿一下。"岑蔚摸出手机,出门太急,还没来得及涂口红。

周然面对她站着,举着手机,问:"你迟到了半个小时,你的老板不会罚你吗?"

岑蔚微张着嘴唇,抹好口红后抿了抿嘴,回答:"说实话,我现在都不知道我的老板是谁。陈遐说公司要从总部派过来一个老板。老板是谁呀?你知道吗?"

周然耸肩:"我也不知道。"

电梯到达了楼层,他们并肩走出去。

岑蔚远远地看见公司的门口站了一排人,问周然:"他们是来欢迎你的吗?"

"应该吧。"

岑蔚撇撇嘴。他的派头不小嘛。

"我先进去呀。"她踩着高跟鞋小跑起来。

岑蔚一推开玻璃门,就看见助理拼命地朝她挤眉弄眼。

她投过去一个疑惑的眼神。

彭皓让出一个空位,把岑蔚拽到自己的身边,压低声音说:"你总算来了。"

岑蔚眨眨眼睛:"怎么啦?"

自动感应门再次开启,身高超过一米九的男人显得格外高大。

他把双手插在口袋里,迈步走过来,光洁饱满的额头下鼻梁高挺,眉目俊朗。

陈遐率先迎上去,喊:"周总。"

周然点了一下头,从左到右扫视了一圈,发话说:"你们先去工作吧,等会儿我再挨个儿和你们聊聊。"

这些人里,只有岑蔚因迟到而错过了今天老板上任的通知。

她目光呆滞,愣在原地。

周然找她当设计总监的时候,她以为他们俩可以平起平坐。听到他已经是周副总时,岑蔚觉得也能勉强接受。

但现在周然怎么就是她的老板了?

彭皓凑过来,小声问岑蔚:"你刚刚是和周总一起上来的吗?"

岑蔚抽动嘴角:"嗯。"

彭皓担心地说道:"没事吧?他没问你什么吧?"

岑蔚摇摇头。她让老板给她当手机支架,算不算有事?

"领导来上班的第一天你就迟到。"彭皓伸出一个大拇指,"姐,你是这个。"

岑蔚白了他一眼:"去上你的班。"

部门的负责人陆陆续续被叫到总裁的办公室里。轮到岑蔚时,时间已经到了中午。

她抱着文件夹,轻轻地敲了两下门。

"进来吧。"

岑蔚咬着下唇,推开门走进去。

周然坐在沙发上,正从打包袋里取出餐盒。

"坐吧。"

岑蔚深吸一口气,坐到他的对面。

"这儿。"周然面无表情地往旁边看了一眼。

"哦。"岑蔚赶紧站起身,来到他的身边坐下,"你想先听这一个月的工作总结,还是想先看新的设计方案?"

周然抽走她手里的文件夹,把它随手放到一旁,又往她的手里塞了一双筷子:"你先吃饭。"

桌上有三菜一汤,正中间是一碗浸满红油的水煮牛肉。

"这些是你爱吃的吧?"周然用纸巾垫着饭盒,把它们放到她的手上。

"那个……周然。"

"嗯？"

岑蔚扯了一下嘴角，轻轻地开口说："忘了和你说，我现在是素食主义者。"

周然不以为意地问："你说什么呢？"

"真的，我不吃肉，戒了。"

周然抬眸看向她，仔细地观察她的神情，看起来她不像是在开玩笑。

想到这段时间里她莫名变得消瘦，周然沉下脸，说："你就是想减肥也得吃肉哇，要补充蛋白质。"

"不是啦，我是想……环保。"

显然，周然不信这个理由。

"怎么了？"他问。

岑蔚摇头："没怎么呀，我就是改吃素了，想吃得健康一点儿。"

周然盯着她看了一会儿，觉得有异样感，但又说不出原因。

他收回目光，点点头，把另外两样蔬菜端到她的面前，说："知道了，我下次给你点别的饭。"

岑蔚小口地吃着饭，过了一会儿，出声问他："你是故意不告诉我你要来的吗？"

"嗯。"周然坦然地承认，"我好奇你的反应。"

岑蔚冷笑了一声："那您还满意吗？"

"还可以吧。"

岑蔚很气恼，用胳膊推他。

周然翘起嘴角，端起领导的架子提醒她："你迟到了，我还没找你算账呢。"

"别扣我的工资就行，其他您随便罚。"

"行,随便罚。"

岑蔚瞄他一眼。她怎么觉得最后那三个字别有意味呢?

吃饭吃到一半,岑蔚说口渴。周然起身把桌上的马克杯递给她。

杯子里装的是温水,岑蔚喝了一口水,看着杯身上的英文单词问:"这就是你的新梦想?"

周然"嗯"了一声。

My house, my rules, my coffee.

岑蔚猜测道:"房子是家庭,咖啡是事业,那 rules 是什么?规则?"

周然看着她,挑了一下眉。

岑蔚没懂他的意思,歪了歪头:"什么?"

周然没有回答她,把水杯拿走,问她还要不要喝水。

一连几天,岑蔚都是在周然的办公室里吃的午饭。

彭皓为此还替她打抱不平:"他怎么老这个点喊你过去,不耽误你吃饭吗?"

岑蔚朝他笑笑:"没关系啦,我什么时候吃饭都一样。你先和他们下去吧。"

"要我给你带饭吗?"

岑蔚摆摆手:"不用不用。"

到了周五,周然中午要开一个视频会议。岑蔚才有了机会和同事们一起吃饭。

"今天吃什么"是个永恒的难题,有人提议吃拉面,有人说要吃麻辣烫,最后的决定权落到了岑蔚的头上。

她想了想,说:"还是吃面吧。"

"拉面党"立刻振臂欢呼。

在餐桌上,他们总要聊一些八卦。而新来的领导免不了成为话题的中心。

庾思若说:"听说他调过来之前是总部的副总,刚三十岁,年轻有为呀。"

彭皓羡慕地说道:"他一下子就升到'总'了,牛呀。"

关姝丽摇摇头:"哎呀,牛什么?我感觉这就是明升暗贬。怕是他哪里得罪大老板了吧。"

一直安静地进食的岑蔚突然抬起头,问:"什么意思?"

关姝丽分析:"你们不知道吗?咱们的大老板肯定是要回去接手珀可的呀,那到时候不就要从手底下选一个能挑大梁的人吗?本来咱周总还有希望,这一过来,不就相当于退出核心竞争圈了吗?"

"是呀。"

"那他这也太不划算了吧?他还会被调回去吗?"

"谁知道呢?"

岑蔚用筷子搅着碗里的面条,突然就没了胃口。

她知道周然不可能得罪纪清桓。应该是他自己申请过来的。

但他为什么要放弃原本平坦而灿烂的前程?

整个下午岑蔚都心不在焉,怕自己猜得对,又怕猜得不对。

思绪一直很混乱,岑蔚无法集中精力,叹了口气,把心一横,起身走向总裁办公室。

听到敲门声,屋里的人说:"进来。"

高跟鞋踩在瓷砖上,发出轻响。

周然从文件上抬头,看见来的人是岑蔚,轻声问:"怎么了?"

岑蔚把双手握在一起,说:"那个……你饿吗?他们说要点下午茶。"

"不饿。"他又低下头去。

"哦。"岑蔚点点头，舔了舔嘴唇，重新开口，"周然，我想问你一个问题。"

"什么？"他翻了一页手上的纸。

岑蔚提起一口气，一鼓作气地问："你不会是为了我才调过来的吧？"

周然愣了愣，抬起脑袋说："不是呀，你想什么呢？"

岑蔚眨了眨眼，在一瞬间的失神后，强装镇定地点点头："不是就好。"

"那我回去了。"她扭头就走。

匆匆地回到自己的办公室里，岑蔚再也无法保持冷静，焦急地来回踱步。

她把脸旁恼人的碎发捋上去，摸出手机，给岑悦彤打电话。

"喂。"

岑蔚张口就说："我现在急了，怎么办？"

岑悦彤在那头得意地"哼"了两声："我说什么来着？"

岑蔚揪着头发，烦躁地把头发揉乱："我去跟他挑明这件事算了。"

"别。"岑悦彤制止她，"这件事还是要让他们男人来做。你要看看他能为你花多少心思。"

"那我现在怎么办？什么都不做吗？"

"狗头军师"岑悦彤出主意说："你急了，就让他也急呗。哎，正好今天杨阿姨喊我晚上去她家吃饭，要不你也过来见见她的儿子？"

岑蔚问："杨阿姨？"

"我家楼下的那个阿姨。我跟你说过的。"

"哦……"岑蔚想起来了，一咬牙，答应道，"行，我去。"

明天就是周末，周然没留下加班，在离六点还差三分钟时收拾东西走出办公室。

路过设计部时，他瞟了一眼，总监的办公室里没人。

看到彭皓还在工位上，周然走过去问："你们总监呢？"

彭皓回答："总监刚走。"

周然皱起眉头，从口袋里摸出手机。

彭皓护主心切，脱口而出："老板你放过她吧，姐今天晚上要去相亲，你就别让她加班了。"

周然从屏幕上缓缓地移开目光："相亲？"

他又问："她要和谁相亲？"

彭皓摇摇头。

周然把手机放回口袋里，问："她一般下班后怎么回家？"

彭皓回答："坐公交车吧。"

周然阴沉着脸，大步走出公司。

天快要黑透了，阴云密布。

他打着方向盘找到了公司附近的公交车站，在人群中看见了岑蔚，还好她没走。

周然一边停车一边打电话："喂。"

"怎么了？"

"站在那儿，别动。"

他紧盯着岑蔚所在的方向，推开车门，急匆匆地迈着大步走过去。

岑蔚拿着手机四处张望，还没来得及找到周然，胳膊就被人拽了一把。

"你要去哪儿？"他冷着脸问，语气不善。

也许是因为被质问的心虚，也许是因为下午自作多情后的恼羞成怒，也许是因为他莫名其妙的态度让人来气。岑蔚使劲地甩开他，朝他吼回去："你管我去哪儿？"

周然的呼吸很粗重。他沉默着，没回话。

零星的几滴雨落下，岑蔚抬头看了一眼天，从包里翻出雨伞，把伞撑在两个人的头顶上。

"我送你回家。"周然去拉她的手腕。岑蔚下意识地躲开他。

手机铃声不识时务地响起，那是杨玉荣的来电，周然只能接起电话。

"喂。"

"知道了，我马上过来。"

他好像还有事。岑蔚要等的公交车也来了。

"我自己回家就行。"她把伞塞到周然的手里，转身迈步上了车。

周然用一只手举着雨伞，用另一只手拿着手机，没来得及拦她。

雨下得越来越大。雨水冲刷着车窗，模糊了窗外的街景。

岑蔚坐在公交车上给岑悦彤发消息，说自己不过去了，没心情。

她到家时浑身都湿透了。顾可芳让她赶紧去洗热水澡，怕她感冒发烧。

没吃两口晚饭，岑蔚就说饱了，早早地躺进被窝里。

快九点的时候，顾可芳推开卧室的门，把岑蔚的手机递给她："你的手机一直在响，谁呀？是不是谁有事找你？"

粥粥"汪"了两声。

岑蔚不情愿地从被窝里伸出胳膊，接过手机看了一眼。

那是周然打来的电话。

她没立即按下接听键，抬头对顾可芳说："妈，你先出去。"

"行行行。"

岑蔚看着地上的小狗，说："它也出去。"

顾可芳一把抱起粥粥，带着它走出卧室。

窗外仍旧有雨声，岑蔚把手机放到耳边："喂。"

"下来。"他说，嗓子有些哑。

岑蔚一下子坐起身，问："你在哪里？"

"你家楼下。"

挂断电话后，岑蔚创造出了人生中最快的起床速度。

看见她在卧室和卫生间里忙进忙出，顾可芳问："你要出门哪？"

"嗯。"岑蔚随便扯了一个借口，"依纯跟她老公吵架了，我过去看看。"

"哦，行。"顾可芳叮嘱她，"外面在下雨，你带上伞，注意安全。"

"我走了。"岑蔚开门下楼，连应急灯都顾不上按。

雨小了很多，但雨丝被风吹在皮肤上，她觉得凉飕飕的。

岑蔚裹紧外套，仰着脖子跑过去。

周然把车停在绿化带的旁边，撑着伞站在路灯下。

岑蔚收了自己的伞，走到他的面前。

呼出的白气模糊了视线，很快又消失在空中。

她喘着粗气，昂着脖子看他的眼睛。

不知道他在哪里淋的雨，睫毛湿漉漉的，大衣好像也是潮湿的，脸上没有什么血色。

岑蔚踮起脚，抬手把手背贴在他的脸颊上。他的脸好凉。

她刚从被窝里出来，体温是暖的。周然把她的手拿下来，不让她碰他的脸。

"我们去车上说，好吗？"他说，声音在发抖。

岑蔚点点头。

坐进车里，周然插上钥匙启动引擎，空调开始运作。

岑蔚握住他的双手，把温暖的掌心贴在他青紫的手背上，问："你去哪儿了？"

"没事。"

周然想把手抽回去。岑蔚抓着他的手不放。

"你先回答我。"

周然看了一眼车的后座。岑蔚顺着他的目光看过去。

那儿摆着一束白色的花朵，花被浅绿色的纸包着，像是玫瑰，又比玫瑰开得更热烈。

"来不及准备别的东西，我只想到了花。但这种花又得提前订，我找了好几家店才买到它，幸好买到了。"

岑蔚不常收到花，也没有养花的爱好，不太了解这个品种，问："这是什么花？"

"桔梗。"周然回答，"'没有刺的玫瑰'，我第一次听说这种花的时候立刻想到了你。"

岑蔚收回视线，用指腹摩挲着周然的手背，重新看向他，问道："你现在是一个人住吗？"

"嗯。"

"先去你家吧。"

周然没反应，像是愣住了。

车里的空间很狭窄，空调送来暖风，车外下着细密的雨。

岑蔚垂下眼帘，解释："我去换一身衣服，最近不能生病，发烧的话会很麻烦。我爸妈在家，我不方便带你上去。"

"哦，好。"周然收回自己的手，握住方向盘。

从这里到他的公寓大概有二十分钟的车程，路上没什么行人，雨刮器左右滑动着。

周然说："后来我想了一下，你应该是因为下午的那个问题生气了。"

岑蔚小声嘟囔："我才没有生气。"

"那你希望我是为了你回来的吗？"

岑蔚绞着手指："我也不是希望啦，没关系，你不用在意。"

周然顿了顿，开口说："去年年底的时候，我小姑去医院复查，情况不太好。"

岑蔚睁大眼睛，扭头看向他，突然不知道该说什么话。

"我的妹妹还在读书，我们家有七个长辈，现在最年轻的那个人还生了病，他们都得靠我来照顾。所以不管怎么样，我肯定得回来。我不是为了你放弃那边的工作的，也不能说是为了你，这种话说出来不是浪漫，只会是对你的绑架。"

岑蔚突然感到鼻子一酸，说："我知道。"

"但是，岑蔚。"周然看了她一眼，在昏暗的光线中格外温柔地说道，"是你让我选择回来时没有犹豫。"

心脏在胸腔里剧烈地战栗，一瞬间岑蔚的眼眶发热。

她吸吸鼻子："可我想想还是觉得很可惜。你本来可以发展得更好的。"

周然问她："你知道为什么我以前不爱和纪清桓他们凑在一起吗？"

岑蔚摇头。

"我总觉得自己和他们不是一个圈子里的人。我家里的所有人都因为我在心橙工作而骄傲。但是那个对我来说是天花板一样的地方，对纪清桓他们来说，只是接管家里的事业前进行试练的地方。"周然停顿了一下，说，"就好像你升到满级才能打败的大boss（指游戏中首领级别的守关怪物），只是别人的新手村。我不敢和他们站得太近，怕会暴露那种差距，只能逼着自己闷头往

301

上赶。"

岑蔚说:"可是在我的眼里,你和他们一样优秀呀。我之前还觉得我们才不是一个世界里的人呢。"

"为什么?"

"十年没见的老同学变成了甲方。把我换成你,你心里不憋屈吗?"

"我可没有觉得自己高你一等,单纯把你当成合作方。"

岑蔚加重语气说:"我知道。"

周然笑了笑:"所以,有时候是我们看不起自己,不是别人。"

岑蔚认同地点点头:"嗯,你说得对。"

"我本来就没有很强的事业心,也不想总是和别人比。现在这样我就很满足,所以一点儿都不觉得可惜。"他把车开到公寓楼下,停车熄火,说,"走吧。"

她被他牵着上楼,用另一只手拿着白色的桔梗花。

走进电梯里,周然无奈地说道:"你又一次把我的计划打乱了。"

岑蔚笑眯眯地问:"那你原本的计划是什么?"

"我订了可以看到江景的餐厅,想在你生日那天跟你说这件事。"

今天实在太仓促了,他完全靠着一时的头脑发热来找她,这不够隆重,也不够正式。

他原本以为这次两个人的关系会按照他预期中的那样稳步推进,可谁知半路杀出一个相亲男,打乱了他的计划。

也许,这就是生活,现在也未必不是最好的安排。

岑蔚安慰他:"也差不了几天啦。"

"谁知道你憋不住了?"

"行,你憋得住。你最能憋了。"

周然总觉得她话里有话。

沉默了一会儿,他对岑蔚说:"你知道坐在教室的最后一排可以观察到班里的每一个人吗?那时候我每天的爱好就是坐在那里,猜你们每一个人在想什么。所有同学里,我观察你的时间最长。"

岑蔚扬眸,感到意外,问:"为什么?因为我的心思最难猜吗?"

"不,你的心思最好猜,但你做出的行为总在我的意料之外。每次我以为你要生气时,你都对他们一笑而过。"周然从口袋里摸出钥匙,"而我希望你也能这么原谅我的时候,你却对我生气了。"

他打开家门,摸到墙壁上的开关:"你突然走了,还和我说不想恋爱、不想结婚,我确实一下子不知道该怎么办了。"

白炽灯亮起,屋里有些冷。

岑蔚跨过门槛,看见柜台上放着两瓶蓝色香水。

"但我好像还是能知道你在想什么。你应该不想让我那时候去找你,对吗?"

岑蔚点点头:"我很怕你那时候来找我。"

房门"砰"的一声被关上,花束掉在了地板上,岑蔚被周然抱在了怀里。

他弓着背,把下巴放在她的肩上,沙哑的嗓音里带着懒洋洋的意味。他说:"可我好想你,你这个浑蛋。"

岑蔚第一次被人骂了还能笑得这么开心。她摸了摸周然的后脑勺儿:"先去洗澡和换衣服。"

他从鼻腔里发出带着怨气的一声"嗯"。

浴室里响起水流声,岑蔚捡起地板上的花束,找了一个显眼的地方把它小心地摆好。

厨房是开放式的,冰箱里有不少食材,岑蔚想给他煮一碗姜汤驱驱寒。

她看到架子上摆着好几个杯子,杯子都是她眼熟的。

周然没有扔掉她落在蓉城的东西,也没有把它们收起来,而是把它们都带了回来。

岑蔚甚至怀疑,如果她现在打开卧室里的衣柜,一定会看见自己那几件春装外套。

他好像知道她有一天还是会回来。

她煮好姜汤的时候,周然出来了,穿着宽松的毛衣和灰色的长裤,湿答答的头发上顶着一条毛巾。

岑蔚把杯子递给他,抬手拿下毛巾,帮他擦头发。

没过一会儿她就觉得胳膊发酸,忍不住埋怨道:"难道你又发育了吗?"

周然小口地喝着姜汤,抬起眼皮白了她一眼:"是你前两天都穿着高跟鞋和我站在一起。"

他单手揽住岑蔚的腰,把她抱到身后的吧台上。

两个人终于能平视。岑蔚用毛巾揉搓着周然的头发,力道不轻不重,刚刚好。

他的刘海儿从额头上垂下来,整个人也变得温柔了。

最近岑蔚看习惯了他穿西装、梳背头的样子,现在他的模样反倒让她的心跳快得失去控制。她不敢盯着他的眼睛看太久。

为了转移注意力,她问周然:"你有没有觉得我的手法很娴熟?"

"你想说你给狗擦身子也是这么擦的。"

岑蔚乐了,问:"你怎么知道?"

"我说了,你在我面前就是透明的。"

岑蔚不屑地"喊"了一声:"那你猜我现在在想什么?"

周然把最后一口姜汤喝完,放下杯子,把双手撑在她的两侧。

他弯腰,低头在她的嘴唇上轻啄一下,说:"这个。"

岑蔚忍不住笑。即使她捂住嘴，笑意也会从眼睛里溢出来。

"我怎么觉得你有点儿恐怖？"岑蔚眯眼，"你会读心术啊？"

周然耸肩，看似谦虚实则得意，说道："我只是比较擅长读你的心。"

岑蔚用手掌揉了揉笑酸了的脸颊。

手机铃声响起，电话是顾可芳打来的。她问岑蔚什么时候回去。

岑蔚看了面前的人一眼，说："啊，我……"

周然上前一步，低头靠在她的肩膀上。

潮湿的发丝蹭过岑蔚的脖颈，她觉得又凉又痒，屏住呼吸，努力让自己的语调维持平稳，说："那个……妈，她心情不好，我今天就留下陪她睡吧，不回去了，你们别等我了。"

她挂断电话后，某人得寸进尺地说："我的心情挺好的。"

岑蔚瞪他："你别得了便宜还卖乖。"

周然大概猜到她用了什么借口，说："其实你可以直说的。你已经三十岁了。"

"首先，我现在是二十九岁又十一个月。其次，我姐二十六岁第一次留宿在男朋友家里，被我爸发现了，我姐夫因此受了我爸半年的冷眼，你想试试吗？"

周然只是看着她，一个劲地笑。

岑蔚问："你笑什么？"

周然摸了摸眉毛，回答："'男朋友'。"

岑蔚反应过来，既觉得无语，又觉得他这副傻乎乎的样子怪可爱的，说："你现在完全是二十岁的愣头青，知道吗？"

周然说："不好意思呀，这玩意儿确实让人降智。"

在他再次吻下来之前，岑蔚把手按在他的胸前："等等，我有一个问题。你现在是我的领导，请问咱们公司允许办公室恋爱吗?"

"嗯……"周然摇摇头。

"真的呀?"

"嗯,纪清桓明令禁止办公室恋爱。"

岑蔚撇撇嘴,开始觉得为难。

其实,她的担心是多余的。纪清桓都能和他爸死对头的女儿在一起,这样的规定早就不算数了。

要是公司真有这个规定,周然也不会喊岑蔚来。但他现在变得幼稚了,很想逗她,可能真是重返二十岁了。

周然皱眉,故作严肃地问:"你谈过地下恋吗?"

"当然没有。"

周然点点头:"我也没有。"

"所以?"

"所以请多多指教。"他凑上前,完成刚刚被打断的吻。

好吧,反正他是老板,山城离蓉城又这么远,纪清桓还能跑来不成?

岑蔚抱住他的脖子,安心地闭着眼回应他的吻。

这是一个雨夜姜汤味的吻,在辛辣后变得甘甜。

在她二十九岁末和他三十岁初,他们终于重逢,正式相爱。

第十二章
我的规则

皮肤上传来温热湿润的触觉,周然松开她,睁开眼。

"怎么了?"他抬手用指腹抹了抹岑蔚的眼角。

岑蔚摇摇头,重新搂紧他的脖子,整个人缩在他的怀里。

周然的怀抱永远宽大而温暖。他的毛衣很柔软,连他搂着她时用的力道都恰到好处。

像缩在独属于她的壳里一样,岑蔚突然觉得踏实了。神经在不断变得松弛,她现在舒服得就想这么睡去。

"我觉得我好像回家了。"她趴在周然的肩头上,闻到了他身上好闻的淡香味。

很奇怪,算起来他们只是短暂地当过一个月的室友而已。

可回到他的身边,对岑蔚来说就像回到了家。

周然用双手捧住她的脸颊,让她抬眸看着他的眼睛。

她的眼眶红红的,眼睛下面还有泪痕。他的手似乎可以包住她的整张脸。他从这个角度看过去,岑蔚现在显得有些可怜巴巴的。

她专注地看着他,眼底的情绪浓郁而真挚。

那会是爱吗?周然不敢去仔细地辨认。

他的一颗心正在剧烈地颤动,连手都是麻的。

周然吻在岑蔚的额头上,张开双臂抱住她,简直想把她揉进怀里。

他轻轻地叹了口气,说:"我终于把你找回来了。"

岑蔚用下巴蹭了蹭他,问:"你等了很久吗?"

周然反问她:"你说呢?"

岑蔚破涕为笑,放柔和语气撒娇道:"对不起嘛,那段时间里我真的没法谈恋爱,让你忍得那么辛苦。"

周然说:"我也有忍不住的时候。"

岑蔚立刻想起那件事:"你说'好看,喜欢'的那次?"

周然"嗯"了一声,坦白地说:"那天我在外面喝酒,一不留神就把评论发出去了。"

"我就知道你是喝多了。"岑蔚嗔怪道,"我那天都吓死了,微信里还有你的下属。"

"我知道,所以后来把评论删了。"

岑蔚问:"那你知道我为什么要发第二遍朋友圈吗?"

"你不知道我评论了什么?"

岑蔚抿嘴笑起来,终于可以敞开心扉说某些话了:"你在那段时间里突然频繁地发朋友圈,我还担心你是不是和别人谈恋爱了。"

周然说:"我发朋友圈都是发给谁看的,你心里没数吗?"

岑蔚小声嘀咕:"我怕是我自作多情嘛。"

周然把手移到她的后脑勺儿上,揉了揉她的头发:"怎么会?"

他说:"我就是想,万一你会好奇我过得怎么样呢?"

"我太好奇了。"岑蔚又抱住他,恨不得长在他的身上,说,"你说我们俩算起来都认识十几年了,那会儿我才发现我们都没什么共同好友。好不容易等到智颖结婚,那天我又得去送学生参加艺考,出来了没一会儿就被催着回去,都没和你好好地说几句话。"

周然轻拍着她的背,柔声地安慰她:"以后有的是时间。"

"嗯。"岑蔚点点头,觉得心尖发烫。

"以后",这么一个稀松平常的词现在却变得好浪漫。

虽然一切已成定局,但周然还是忍不住好奇地问岑蔚:"要是我一直不回来找你,你怎么办?"

"那天在街上遇到你之前,我刚重新修改好我的简历。"岑蔚直起身看着他,"等我姐办完婚礼,我就去蓉城找你。"

周然低下头摸了摸额头,释然地松了一口气,说:"原来还是我先没忍住。"

夜已深,岑蔚牵着他的手晃了晃:"我好像有点儿困了。"

"那走吧。"周然打横抱起她,掂了掂她的重量,问,"你现在有一百斤吗?"

"九十六七斤吧。"

周然蹙眉:"你瘦了十几斤?"

岑蔚点点头,又猛地意识到不对劲,问:"你怎么知道我以前有多重?"

周然言简意赅地回答:"我抱过你,猜的。"

岑蔚提起一口气,一脸戒备地看着他。

周然垂眸瞥了一眼,勾唇笑了:"就凭你以前的那种饮食习惯,你一百多斤已经算不错了。"

岑蔚噘了噘嘴。

卧室在二楼，周然抱着她走上楼梯，问："是不是谁给你灌输身材焦虑了？"

岑蔚否认："没有。"

"好好地吃饭，你胖点儿比较好看。"

岑蔚开始钻话里的牛角尖儿，问："你的意思是我现在不好看？"

周然愣住，无奈地轻笑了一声："我发现你也重返二十岁了。"

岑蔚严谨地说道："我是十九岁。"

"行，十九岁。"

周然在开关前停下脚步，对岑蔚说："左边的那个。"

岑蔚抬手按下开关，"啪嗒"一声，走廊里亮起灯光。

她发现整间公寓无论布置还是格局都和蓉城的那间公寓很像，不免猜测道："你是特意找的这种公寓吗？"

周然回答："也不是特意找的，我看房子的时候刚好遇到它。"

他从柜子里拿了新的牙刷和毛巾，把毛巾递给岑蔚。

挤好牙膏后，周然把牙刷递给她，故意说："这是你喜欢吃的。"

岑蔚白了他一眼，接过牙刷。

冬天干燥，洗完脸后岑蔚问："你有没有面霜啊？"

周然从架子上取下一个玻璃罐。

岑蔚打开瓶盖。面霜是男士用的，香味很淡，但她也只能凑合着用。

抹完面霜后，岑蔚又用指腹蘸了适量的面霜，对周然说："你过来。"

他听话地弯下腰，把脸伸到她的面前。

岑蔚分别在他的额头、脸颊、鼻子和下巴上点上白色的面霜，替他把面霜均匀地抹开。

"好了。"她收回手。

在直起身前,周然凑上去亲了她一下。

他亲她亲得非常自然。但岑蔚仍旧无法将这件事视为平常。每一次她和他亲密接触后,她的心脏都会用力地收缩一下,嘴角也跟着向上扬。

洗漱完,两个人走进卧室里。

岑蔚从家里出来得太匆忙,里面穿的衣服就是睡衣。她脱下外套,钻进被窝里。

周然抓着领口,脱下身上的毛衣。

岑蔚抓抓头发,装作不经意地瞥了一眼。

"你想看就看。"他站在床边看着她,勾唇坏笑。

岑蔚把脸扭向一边,嘴硬地说:"我才不想看你。"

周然打开衣柜,拿了一件T恤穿上。

羽绒被柔软轻盈,岑蔚摸了摸身下的床垫,又左右看了看,问:"你都不用电热毯吗?"

"不用啊。"周然掀开被子,在另一侧坐下。

"那你开空调睡觉?"

"不开,开空调太干。"

岑蔚睁大眼睛:"你晚上不冷吗?"

"不冷。"

岑蔚摸了一下他的手。他的手果然暖暖的。

不知道是不是姜汤的效果,周然这会儿都热得有些出汗。

一到冬天岑蔚就容易手脚冰凉,不禁感叹:"这难道就是传说中的阳气吗?"

周然笑了一声,伸臂把她搂进怀里:"那你赶紧吸点儿阳气。"

"我又不是女妖精。"岑蔚找了一个舒服的姿势躺好。

睡前,周然突然想起一件事来,睁开眼睛问岑蔚:"你今天要去和谁相亲?"

岑蔚惊讶地说道:"你怎么知道我要去相亲?"

周然"啧"了一声。

岑蔚向他坦白:"我是故意的,想刺激一下你。"

周然当然知道她的心思,回到车上后就想明白了。但他还是想知道她本来要去和谁相亲,问:"所以,到底是谁?"

岑蔚说:"住在我姐楼下的邻居家的儿子。"

"人怎么样?"

"我没去,后来直接回家了。"

"哦。"周然把搂在她腰间的手臂收紧了些。

他这么一问,岑蔚就恍然大悟了。怪不得他在公交车站时是那样的态度。她当时还奇怪呢——明明她还没发用来刺激他的朋友圈。

岑蔚抿唇偷偷地笑了笑,问:"如果我真去见人家了,你会怎么办?"

周然回答:"不怎么办,我们本来就没确定关系,你有权利去接触别人。"

岑蔚愣了愣,没想到他会这么说。

"那万一人家各方面的条件都很优秀,我接触了以后对他很满意,你怎么办?你不急吗?"

周然问:"那你希望我怎么办?"

岑蔚撇了撇嘴:"说实话,接到你的电话时我以为你会……"

"会什么?"

岑蔚觉得接下来的话有些羞耻,越说声音越低:"你会很生气,会一把把我拽进车里,然后……"

"然后什么?"

"然后……"

"扑哧"一声，耳边传来他闷闷的低笑声。周然笑得胸腔都在抖动。

岑蔚说完话就后悔了，羞恼得脸红耳热，张嘴咬他的脖子。

"宝贝呀。"周然笑着说，"我以为你不喜欢看那些恶俗的偶像剧。"

岑蔚"哼"了一声。

"谁知道我一下楼，就看到你像一只淋了雨的小狗一样在等我，还委屈巴巴的。"她重新被他抱好，说，"我心疼死了。"

周然在黑暗中找到她的额头，低头轻吻一下，说："我确实很着急，但觉得应该尊重你的选择。如果你遇到了更好的人，我不会拦着你去相亲。"

"不会。"岑蔚有些哽咽地说道，"我不会再遇到比你更好的人了。"

"十九天。"周然突然出声说。

岑蔚问："什么十九天？"

"没想到我只用十九天就实现了我的新梦想。"

岑蔚想了想——他现在有房有车，事业有成，那么梦想就只剩下一条"my rules"。

她之前问过他这是什么意思，可周然没回答。

现在岑蔚又问了一遍："所以你的'规则'是什么？"

"你知道的。"

好吧，岑蔚换了一种问法，问："那为什么我是你的规则？"

在第一眼看到电影里那个杯子时，周然一下子就被打动了。

"My house, my coffee, my rules."

房子是家，咖啡是事业，至于规则，周然立刻想到了"爱人"。

在昏暗的卧室里,他用低沉的嗓音认真地回答岑蔚:"因为我的一切以你为准。"

岑蔚一直觉得所有好听的情话在某种意义上都是冠冕堂皇的谎言。

但话语是最直接的表达工具,听到这句话,她无法否认内心像有一颗棉花糖,觉得甜甜的。

她感受到了,自己是被爱着的。

她一下子接不住话。

"我不知道要怎么回答你了。"岑蔚深吸一口气,坦白她的窘迫。

周然拉过被子,把她严严实实地裹住:"不用回答,你知道就行。"

"睡吧。"

岑蔚动了动脑袋,在他的下巴上亲了一下:"晚安。"

"晚安。"

明天是周六,外面下着小雨,她在恋人温暖的怀抱里安然入睡。

冬天好像也突然没那么讨厌了,当然春天快点儿来的话会更好。

不知是不是因为她昨晚情绪过激导致激素分泌异常,第二天醒来时,岑蔚感觉小腹隐隐作痛。

她翻了一个身,还想继续睡,又迷迷糊糊地意识到什么。

岑蔚一下子从床上坐起。周然也被她惊醒了。

"怎么了?"他揉揉脸,睡眼惺忪。

岑蔚没说话,沉着脸翻身下床。

她的生理期来了,整整提前了一周。

岑蔚抱着肚子回到床边,叫周然起床:"起来起来。"

床单颜色浅，果然被血迹弄脏了。

岑蔚闭眼叹了口气，弯腰去掀床单。

周然揉了揉眼睛，恢复了一些精神，抓住岑蔚的胳膊，接过她手里的活儿。

岑蔚抓抓耳朵，小声说："对不起呀。"

"这才多大点儿事？"周然笑了一声，说，"再说我又不是第一次给你洗床单了。"

大清早听到这种话，岑蔚脸上一红，说："那次也不是我一个人弄脏的床单。"

往事涌上心头，她问周然："你那时候是不是一边洗床单一边骂我？"

其实他是用洗衣机洗的床单，但现在想趁机装可怜，说："没有，我一边洗床单一边哭。"

岑蔚"扑哧"一声笑了，说："我信你才怪。"

周然洗漱完，换了一身衣服就出门了。

回来时，他提着一大袋东西。岑蔚打开袋子看了看，问："你买这么多干什么？"

周然回答："备着，总用得上。"

岑蔚又想到那个词了——"以后"。

她想洗澡，问周然："我以前的那些衣服呢？还在吧？"

周然给她指了一个方向，说："在衣柜下面的箱子里。"

岑蔚蹲下，取出他说的那只收纳箱。她的衣服都被他整齐地叠在里面。

岑蔚幸运地在里面找到了一条长裤。其他的衣服都是外套，她只能再去周然的衣服堆里找，拿了一件他的灰色卫衣。

等她洗完澡清清爽爽地出来，周然已经换好了新床单，喊她下楼吃早饭。

"你会不舒服吗？"周然把一盒布洛芬放到她的手边，"我还买了止疼药。"

岑蔚摇头："没事，我没那么疼。"

"那就好。"

岑蔚喝着豆浆，时不时地瞄他两眼，像是有话要说。

周然察觉到了，说："你想说什么就说。"

岑蔚放下塑料杯，咳嗽一声，轻飘飘地开口说道："我就是觉得你的前女友把你教得真好。"

周然蹙眉，抬眸看着她，问："为什么你要把我对你的关心归功到别人的身上？"

岑蔚动了动嘴唇："那你怎么这么会关心人？你都知道买布洛芬。"

周然不知道这句话是褒是贬，只是如实地回答："你刚刚一直抱着肚子，我不瞎也不傻。我问了药店的阿姨。她说女人来月经一般都吃这个。"

"哦。"岑蔚低下头咬了一口糯米团。

过了一会儿，周然隐隐约约察觉到什么，勾唇浅浅地笑了一下，出声问："你找人打听我的情史啦？"

咀嚼的动作僵了一秒，岑蔚提高声音否认："没有哇。"

周然看破不说破，问："那要不要我先主动交代一下？"

"我才不在乎你的过去。"岑蔚咬住吸管喝了一口豆浆，然后说，"要。"

周然憋住笑意，清清嗓子，说："我是上大学的时候认识的她。一开始我们是朋友，她提出要不要试试谈恋爱的时候我同意了。但是在一起之后我们俩都觉得不自在，所以还是做回了朋友。"

岑蔚点点头，表示自己了解了，问："还有呢？"

"没了。"

岑蔚微微地睁大眼睛，但仔细地想想，这也不奇怪。

之前在蓉城时，他就是只在公司和家之间奔波，除了工作几乎没有社交，过得非常自我和封闭。

岑蔚向后靠在椅背上，感叹："我真想不通那时候你怎么会提出要和我一起住。你不是社恐吗？你应该很讨厌和人一起住吧？"

周然喝着粥回答："还得看和我一起住的是什么人。"

原来他还有双重标准。

岑蔚"喊"了一声，却忍不住扬起嘴角。

"那你要听我的情史吗？"

周然愣了一下，点头说："好，你说。"

岑蔚捕捉到他脸上一闪而过的迟疑，眯起眼戳穿他："你也早就找人打听过我的情史了，是不是？"

"没有。"这话不假，是景慎言主动告诉他那些事的，怎么能叫"他找人打听"呢？

"那我不说了，你知道的应该差不多了。"

"嗯。"

下周就是新年，这两天家里人都忙着祭祖。

吃过早饭，周然把岑蔚送回家。

天冷，她戴着卫衣的兜帽，外面穿了一件他的棉服，整个人被衣服裹得圆滚滚的，全身上下只露出一张脸。

二十分钟后，周然把车停在绿化带旁，拉手刹熄火。

"我走啦。"岑蔚拉动门把手推开车门，跨出一只脚，想想不对，又扭过脑袋去看周然。

他果然正一脸幽怨地看着她。

岑蔚赶紧扬起笑脸，张开双臂凑过去抱他，在他的嘴唇上轻啄一口："不好意思呀，我忘了。"

周然用双手捧住她的脸颊，揉了揉她的脸："下不为例。"

他是她的男朋友，又不是司机。

"周一见。"说着岑蔚又亲了他一下。

周然终于露出笑颜，说："周一见，你快上去吧。"

岑蔚脚步轻盈地爬上楼梯。她没带钥匙，按响门铃，岑悦彤给她开了门。

"你怎么回来了？"岑蔚换上拖鞋，拉开外套的拉链。

"妈让我来看看她准备的东西。"岑悦彤坐回沙发上，又猛地抬起头打量着岑蔚，"你昨晚到底去哪儿了，还穿着一身男人的衣服回来？"

岑蔚看着她，只笑不语。

岑悦彤用双手捂住嘴，惊呼一声："不会吧？真的呀？"

"好吧，你的方法确实很管用。"岑蔚向四周扫视了一圈，"爸妈呢？他们不在吧？"

"不在，他们买菜去了。"

岑蔚放松下来，跳到沙发上盘腿坐着，和岑悦彤分享她的经历："昨天走的时候和同事提了一句我晚上要去相亲，估计是他后来听说了这件事，急了，昨天晚上跑到咱家的楼下找我来了。"

岑悦彤一脸笑意，得意地"哼"了一声，神气地说道："你看吧，姐的方法百试百灵。"

岑蔚从桌上拿了一个砂糖橘，随口问："杨阿姨的儿子怎么样啊？他帅不帅？"

"我没见到他。后来他也说有事，没来。"岑悦彤看准时机，伸手接过她剥好的果肉，整个塞进嘴里。

岑蔚无语地看她一眼，只能重新拿一个橘子剥。

"干吗？你后悔了？"

"才没有，再说我家周然光身高就已经是此地区男人里最高的了。"岑蔚骄傲地抬高下巴，"我有什么好后悔的？"

岑悦彤看她摆出这副模样，简直想挥拳揍她："杨阿姨说她儿子也很高好不好？你和老白谈恋爱的时候，我怎么就没发现你这么恋爱脑呢？"

岑蔚吃着橘子，耸耸肩，不否认她现在是"无脑周然吹"。

"啧啧，你惨咯。"岑悦彤戳着她的肩膀，一字一顿地说道，"你坠入爱河了。"

新品系列里有一款流沙杯，岑蔚对样品呈现出来的效果不满意，让手底下的员工去工厂交涉了两次，也没沟通出个结果。她干脆亲自跑了一趟，和负责人谈了一上午，午休时才风尘仆仆地赶回公司。

庾思若看见她回来了，压低声音交代："姐，周总让你回来后去找他。"

"行，我知道了。"岑蔚回自己的办公室里喝了一口水，坐都没坐一下就拿起笔记本，走向总裁的办公室。

"咚咚"地敲了两下门，岑蔚推开门走进去："你找我有事呀？"

周然把目光从电脑屏幕上移到她的身上，问："你吃饭了吗？"

岑蔚回答："还没吃饭，我刚回来。"

周然朝着茶几抬了抬下巴，说："你看看有没有喜欢吃的东西。"

岑蔚踩着高跟鞋奔波一上午了，觉得小腿发酸，干脆脱了鞋赤脚踩在地毯上，弯腰拿起纸袋。

她从包装上看出这是他从公司附近的那家网红店里买的东西，

袋子里装着三四种面包，各种口味的都有。岑蔚挑了一个最想吃的日式红豆面包，把它拿出来。

她拆开包装，坐到沙发上，问周然："你让小苏去买的这些东西？"

小苏全名苏晚忆，是周然的新秘书。

"嗯。"周然说，"牛奶也在桌上。"

岑蔚从早上到现在没吃东西呢，大口地咬着酥软的面包，里面的红豆馅香甜绵密。她说："你这样也太容易暴露我们的关系了。"

"你安心地吃吧，没人会怀疑你。"周然拿着自己的马克杯起身，在她的身边坐下。

"但她会猜你是不是谈恋爱了。"岑蔚咽下嘴里的面包，"而且对象肯定是公司里的女生。"

"把脚放在我的身上，地毯上脏。"

"哦。"岑蔚没客气，把双腿架到他的身上。

她今天穿着一身职业套装，长裤很单薄。周然摸了一下她的脚踝。她的皮肤冰凉一片。

他把自己的西装外套拿过来，把它展开并盖在岑蔚的腿上。

"明天你穿得暖和一点儿，我公司不提倡要风度不要温度的做法。"

岑蔚拖长尾音回应："知道了。"

周然任她把腿搭在他的身上，继续低头看一份文件。

吃了大半个面包，岑蔚觉得口渴，动了动身子，去够桌上的牛奶。她的动作带得身上的外套一动，有什么东西从口袋里掉了出来。

岑蔚伸手去捡，在辨认出那是烟盒的一刻变了脸色。

"你什么时候开始抽烟的？"

周然闻声抬起眼帘,看到她手里的东西,喉结滚动了一下。他出声说:"那个……"

岑蔚问:"我记得你以前不抽烟吧?"

"嗯。"周然心虚地说,不敢直视她。

"我没收了。"岑蔚把烟盒塞进自己的大衣口袋里。

"好。"周然看着她点点头,一副乖乖认错、任她宰割的样子。

岑蔚把面包的塑料包装团成一团,扔进垃圾桶里,突然又变得没底气起来,小心翼翼地开口问:"我是不是不该这么管你呀?"

"没有。"周然勾唇笑了一下,"我求你赶紧多管管我。"

岑蔚忍俊不禁,吐槽他:"你是'妻管严'吗?"

说完话她才想起来害羞,清清嗓子,收敛笑意,想假装无事发生。

周然托着下巴,把脸转向另一边。

岑蔚不用看他都知道他在偷笑,恼羞成怒地踹他一脚。

"你踹我干吗?话是你自己说的。"某人为自己打抱不平。

岑蔚装傻,问:"我说什么了?"

"反正我听到了。"周然向她摊开手掌。

岑蔚把手搭上去。她的手被他十指交叉地反扣住。

"以前我很羡慕纪清桓。每次我们吃饭吃到一半时,他女朋友都要打电话来查岗,催他回家,让他少喝点儿酒。"周然晃了晃两个人牵在一起的手,"我总是很羡慕那个环节。"

"我知道了,你以后不许嫌我烦。"

她问周然:"你怎么开始抽烟了?你都三十岁了,还在叛逆期呀?"

周然笑了一下,回答:"有时候我需要提神,喝多了咖啡,心脏又不舒服。我抽烟的频率不高,你放心。"

岑蔚点点头，叮嘱他："你要少抽烟。"

周然答应着。

午休快要结束了，可他还没好好休息。岑蔚看向周然，问："那你现在困吗？"

周然想了想，说："有点儿。"

岑蔚点了一下头，撑着沙发的靠背起身，跨坐到他的身上，笑吟吟地说道："那我给你提提神。"

她用双手捧住周然的脸颊，低头吻在他的唇上。

岑蔚很轻地触碰了一下他的唇，刚想起身，却被他按着后脑勺儿反客为主。

她的心脏剧烈地颤动。她在快要窒息时伸手推开周然的肩膀。

周然眨眨眼，眸色似乎比刚才黯了一些，唇角湿润。他看着她笑。

岑蔚用手背贴了贴发烫的脸颊，埋怨他不知分寸："你现在够清醒了吧？"

"够。"周然捏了捏她的后脖颈，"我都有点儿亢奋了。"

岑蔚简直没法听这句话，推搡他一下，从他身上下来，重新穿好高跟鞋："我上班去了。"

嘴角边的笑意不减，周然看着她走出办公室。

下午四点，员工们要参加公司的周一例会。

岑蔚提前五分钟走进会议室里，看到周然已经坐在了主位上。他正低着头看文件。

她拉开椅子坐下，打开自己的笔记本，全程不和他有眼神交流。

苏晚忆走了进来，轻声问周然："周总，要给你泡一杯咖啡吗？"

"不用。"周然又加了一句，"中午我吃了一颗提神的糖，效果还不错。"

岑蔚的手一抖,签字笔在白纸上画出一道黑迹。

她面不改色地往后翻了一页。

幸好苏晚忆是一个话不多的人,点点头就退到旁边了。

岑蔚生怕她下一句就问:"真的吗?是什么牌子的糖呀?"

进入工作状态后,周然向来不苟言笑。

各部门负责人轮流汇报工作的进度,周然不批评没做到位的人,也不夸做得好的人,脸上的表情永远一个样。他会对有疑问的地方多问两句,但不会过多地为难别人。要是对方实在回答不上来,他说一声"回去再好好地想想"就喊下一个部门的负责人了。

轮到设计部时,周然用钢笔点了一下岑蔚的方向,发话说:"周三前把所有的样品拿来给我过目。"

"好的。"

这次的产品主题被定为"蜜意甜心",方案以嫩黄色和浅橙色为主色调,融合了蜜蜂和雏菊的元素,总共有八款杯型。

在刚开始设计方案时,岑蔚就翻阅了市面上相同元素的所有款式。为了设计出独具一格的稿子,她和手底下的员工花了不少心思,光一款马克杯上蜜蜂翅膀的手柄就让他们画了七八遍图稿。

办公桌上摆了一排杯子,周然抱着手臂,从左看到右。

岑蔚深吸一口气再缓缓地吐出,想通过调节呼吸的频率来缓解自己紧张的情绪。

她发现自己在等待他评价作品的时候,还是会下意识地发怵。

周然挨个儿看了一遍那些杯子,沉吟片刻,伸手拿起一款保温杯,把它放在掌心上掂了掂,问:"这款杯子能装多少毫升水?"

庾思若赶紧回答:"270毫升,它比较小巧,携带起来比较方便。"

周然微皱起眉:"这杯子才能装270毫升水,还这么重?这还携带方便?"

庾思若动了动嘴唇,一时间接不上话。

周然拧开杯盖,发现重量都来自杯盖上的立体图案。

"这杯子确实花里胡哨,但你们考虑过实用性吗?"

下属们面面相觑,答不上来。岑蔚走上前,说:"我们毕竟不是专业做杯子的,在杯子的功能性上没有优势,所以把重心放在了外观上,'好看'就是我们的卖点。"

"那也不能只顾着好看。"周然又拿起另一个玻璃吸管杯,屈起手指的关节敲了敲杯底,"这么薄的底,稍微用点儿力就能把杯子磕碎吧?"

他放下手里的杯子,紧蹙眉心,沉声发问:"这些杯子上市以后,心橙要是被骂割韭菜、吃烂钱,你们打算怎么办?"

大家纷纷垂下头,大气也不敢出,连岑蔚一下子都被问住了。

周然坐回办公椅上,喝了一口水,很快就做出决定:"拿掉这两个杯子,就上其他六个。"

众人听到产品要被直接毙掉,脸上都泛出心疼的神色。

尤其是岑蔚,心里简直在滴血。但她不敢再多言——她可担不起损坏品牌名誉的罪名。

"你们回去工作吧。"周然顿了顿,又说,"岑总监留一下。"

其他人把目光投向岑蔚,眼神里写满担忧。

岑蔚朝他们挤出一个微笑,挥挥手,用口型说:"没事,出去吧。"

很快办公室的门重新被关上,"咔嗒"一声落了锁,屋里只有他们两个人。

岑蔚站在办公桌前，毕恭毕敬地问："周总找我还有事吗？"

周然抬眸，张嘴就问她："你还爱我吗？"

岑蔚一下子没反应过来，歪了歪脑袋："啊？"

周然把胳膊支在桌面上，向她解释："现在产品还在起步阶段，品质第一。我们得让消费者感受到诚意，踏踏实实地做产品，才能走得长远。"

岑蔚点点头，抿紧双唇，却还是忍不住展开笑颜说："不是，你能不能公私分明一点儿呀？员工被老板骂两句怎么了？我没有那么玻璃心。"

周然说："我怕你公私不分，把对老板的怨气迁移到男朋友的身上。"

"我才不会。"哪怕刚刚真的有那么一点儿怨气，岑蔚现在也不会承认。

"那你过来亲我一下。"周然靠在椅背上，朝她张开双臂。

岑蔚瞪他一眼，不理他，一边转身向办公室的门口走，一边说："现在是上班时间，我也不能把属于男朋友的福利用到老板的身上。"

她把手搭在了门把手上，却没把门把手按下去。

高跟鞋踩在瓷砖上发出"嗒嗒"的轻响。周然看着她越走越近，绽开一个属于胜利者的笑容。

岑蔚抬腿，把一条腿挤进他的两腿之间，搭着他的肩膀，亲在他的脸颊上。

"所以，这个吻是给男朋友的，还是给老板的？"周然问。

岑蔚咬着牙说："给浑蛋周然的。"

被骂"浑蛋"的人不气反笑，揽住她的腰，稍一用力，岑蔚坐到了他的大腿上。

岑蔚预感到不妙，提醒他："别闹哇，现在是上班时间。"

"反正我都是浑蛋了。"周然说着吻上去。

唇瓣碰到一起的时候岑蔚就后悔了,身体却条件反射般回应着他。

他的手指陷进她柔软的发丝里。岑蔚又一次验证了她曾经幻想的事没有错——他的唇很软,她亲上去时觉得很舒服。

二人松开彼此后,呼吸的节奏和心跳的频率都没好到哪里去。

岑蔚拿起桌上的手机照照,冲周然抱怨:"口红花了,我怎么回去?"

他们俩的办公室在公司的两头,被员工们的格子间隔开。她回去时势必要被别人看见。

岑蔚想:要不她用文件夹挡着脸,假装被老板骂哭了?

周然气定神闲地说道:"信不信我现在给你变出来一支口红?"

岑蔚用指腹用力地抹去嘴边被蹭花的口红印,嘟囔:"那你倒是变啊。"

周然拉开手边的抽屉,从里面取出一个打着蝴蝶结的纸袋,把它放到她的面前。

岑蔚提起一口气,睁圆双眼:"不是吧?"

周然佯装无奈地叹了口气:"本来我是要把它送给女朋友的。"

岑蔚拆开包装,里面有一瓶浅粉色的香水和一支粉管口红。这是T家的情人节限定礼盒。她早就在社交平台上刷到过关于它的广告,差点儿就自己买了。

她努力压住嘴角,不想让自己看上去太像一个二十岁的怀春少女。

岑蔚很好奇香水是什么味道,打开瓶盖,往手腕上喷了一下。

空气里弥漫着花椒的辛香,味道很浓烈。她蹙眉评价道:"怎么一股水煮牛肉味?"

周然皱起眉头,轻轻地嗅了一下空气:"好吧,确实有点儿,主要是我看到名字就想把它送给你。"

岑蔚垂眸瞥了一眼瓶身,香水的名字叫"Rose Prick",意思是"荆棘玫瑰"。

她问周然:"你上次不是说我是桔梗吗?没有刺。"

周然伸手把她耳旁滑落的长发捋到耳后。

"但我希望你长出刺。"

这句话显得有些奇怪,但岑蔚能明白他的意思。

锋利的刺是玫瑰自卫的武器。同理,人也需要活得有棱有角才不会失去自我。

她在他的面前也许真是透明的。

岑蔚放下香水,搂住周然的脖子,依偎在他的怀里。

她把下巴抵在他的肩头处,轻声说:"那我的刺也只朝别人长,我永远做你的桔梗。"

电脑屏幕上还显示着好几个网页的窗口。周然把手搭在岑蔚的背上。她的发丝蹭着他的下巴。

周然从来没想过自己还会有这么色令智昏的一面。

"你要把我变成昏君了。"他的声音在岑蔚的耳边响起。她痒得缩起脖子。

岑蔚抓了抓耳朵,说:"贼喊捉贼。"

后天就是除夕,怕之后他们要忙着拜年见不了面,周然问:"今天下班后一起吃饭吗?"

他刚上任,有很多事务,基本每晚都要留下加班,算起来他们还没好好地约过会。

"好呀。"岑蔚答应完才想起岑悦彤喊她下班后过去拿东西,又说,"但我要先去我姐家一趟。"

周然点头:"那你下班后,我送你过去。"

"不用,我打算待会儿早点儿溜出去。"

周然眯起眼,从喉间发出一声冷笑,问她:"你当着老板的面说这句话,合适吗?"

"现在你知道你是我的老板了?"岑蔚站起身,往下扯了扯裙摆,"以后你在公司还是多注意点儿,老板。"

她故意咬重了最后两个字。

周然姿态懒散地靠着椅背,把一只胳膊搭在桌上,玩着钢笔,叉着长腿,笑得有些玩世不恭。

岑蔚捋了一下头发,拿起手机,重新涂口红。

"我都不知道原来你是这样的。"他在朋友圈里展示的生活说不上花天酒地,但也五彩纷呈。岑蔚恍然大悟,问,"你是不是和纪清桓他们在一起混得久了,学坏了?"

周然耸肩,并不否认这一点。

"除了抽烟、喝酒,他还教你什么了?"

周然发现他一时竟然无法反驳这几个词。岑蔚概括得很精准。

他抓抓头发,低下头。

"他们是什么人哪?"涂好口红,岑蔚抿抿唇,"哼"了一声,说,"我得找他们好好地算账。"

"算什么账?"

"让他们把我的乖乖胖仔还回来呀。"岑蔚弯下腰,捧住他的脸揉了揉。

周然的心一颤。他连说话都结巴了:"什么什么……什么?"

如果真有"原形毕露"的说法,那么他现在就是一只有着豆豆眼还疯狂摇尾巴的哈士奇。

"真的,有时候我觉得你的心里还住着那个小胖子。"岑蔚笑起来,眉眼弯弯,"你不知道你有多可爱。"

"我走了。"她没拿走那支口红，把它放回了周然的抽屉里。

"哦。"

办公室的门被轻轻地关上，周然放下手里的钢笔，扯松领带，呼出一口气。

划在青春期上的刻痕，在十多年后的某一天，又被一句话神奇地熨平，像童话世界里的精灵挥动魔法棒，唤来闪着微光的星星，伤口瞬间就痊愈得不留痕迹。

他三点半还要开一个视频会议，秘书敲门进来提醒他。

"知道了。"周然回过神，揉了揉眉心，重新集中注意力。

开完会，周然看了一眼时间，向秘书交代了几句话，让大家这两天没什么事就早点儿回家。

他走出写字楼时天还没黑透。刚刚杨玉荣打来电话，让他过去把年货送到爷爷奶奶家里。

父母住在老居民区里。周然开着车绕了一圈才找到一个停车位。

夜风一吹他觉得有些冷，裹紧大衣，拿出手机，想给岑蔚发消息。

编辑完消息，他刚要把它发送出去，耳朵却敏感地捕捉到了一个熟悉的笑声。

周然抬起头，一对姐妹走在离他几十米远的前方，正有说有笑地走进楼道里。

他没留意今天岑蔚穿了什么样的外套，但仅凭这一眼也足够确定那是她了。

"回来了？"

周建业和杨玉荣也刚回到家，手里提着好几样东西。

周然回头应了一声，把手机塞回口袋里，伸手接过那些年货。

"哎，妈。"上楼时，他出声问，"你上次说要给我介绍楼上邻居家的妹妹,是吧?"

"对呀。"杨玉荣扬起脑袋看他一眼,"怎么啦?你没追到那个姑娘,又要让我帮你介绍对象了?"

周建业看看妻子又看看儿子,一脸茫然地问:"没追到哪个姑娘啊?又要介绍谁啊?"

杨玉荣瞪他一眼:"不关你的事,你对儿子的事又不上心。"

周建业"啧"了一声,说:"我怎么不上心了?"

杨玉荣不理他,继续对周然说:"我上次喊你回家吃饭就是想让你们俩见见,彤彤本来也想把她妹妹叫过来的。"

"哪次?"

"就是上周啊,你后来又说有事,没来。"

周然仔细地回忆了一下,哑然失笑,事情不会这么巧吧?

杨玉荣说:"你现在后悔也来不及了。我听彤彤说,她妹妹好像已经有男朋友了。"

周然说:"是吗?"

周建业听得格外好奇,问:"到底是什么事情?你们快点儿跟我说说。"

杨玉荣敷衍地点点头:"等会儿跟你说。"

把东西提回家里后,周然站在门口没进去,说:"我回车里拿一个东西呀。"

"哦。"

他又下了楼,站在过道里拿出手机,点开岑蔚的聊天框开始打字。

周然:怎么办?我妈把我骗回家了。我一回来才知道她是要给我介绍对象。

那边的人几乎是秒回,先是回复了一个问号。

岑蔚:你已经在家里了?

周然扬起嘴角。

周然：嗯，怎么办？

岑蔚：你见到人了？

周然：嗯。

岑蔚：她长得漂亮吗？

周然刻意拖延了一些时间，假装自己在犹豫。

周然：挺漂亮的。

楼上响起门锁被打开的声音，紧接着传来一阵急匆匆的脚步声。

周然抬眸，嘴角勾起的弧度越来越大，下一秒手机上收到一条新消息。

岑蔚：你在哪儿？我去找你。

他刚看完消息，屏幕上又弹出了一条消息。

岑蔚：你敢再多看她一眼，我就去跟你妈说我已经怀孕了。

周然没回复她。

看到岑蔚踏下最后一级台阶，守株待兔的猎人敏捷地伸出胳膊把她拽向自己。

知道她会吓得失声尖叫，周然捂住她的下半张脸，"嘘"了一声。

岑蔚瞪圆眼睛盯着他，呼吸急促，胸膛起伏。

周然松开了手。她是一路跑下来的，乱糟糟的碎发搭在额头上。他伸手替她整理了一下头发。

岑蔚喘着气，彻底呆住了，好半天才回过神来，问："你怎么在这里呀？"

她又紧皱眉头，猛地推了一下周然的胸膛："人呢？你也让我见见她，我看看她到底有多漂亮。"

"等等啊。"周然煞有介事地掏出手机，打开相机对准她。

· 331 ·

岑蔚瞥了一眼原相机里的自己，抗拒地"嗯"了一声，推开他的手。

她猛地提起一口气，终于反应过来了。

"我爸妈住在这儿。"周然抬了抬下巴。

"不会这么巧吧？"岑蔚张大嘴巴，问他，"你是什么时候知道这件事的？"

周然回答："就在刚刚，我回来的时候看到你和你姐上楼了。"

岑蔚叹了口气："你知道你快急死我了吗？"

周然伸手把她搂进怀里："所以，你知道那天我有多着急了吧？"

心尖上像是被人掐了一下，岑蔚搂紧他的腰。

"你要和我上去见见我爸妈吗？"周然问。

"啊？"岑蔚迟疑着说，"改天吧，我还没准备好。"

"好，没关系。"

"姐夫？"岑蔚突然出声说。

周然疑惑地蹙眉："什么东西？"

"我姐夫回来了！"岑蔚压着嗓音说，一把拽过周然的衣领，低头把脸埋在他的胸膛上。

男人的身形十分高大，宽大的黑色大衣几乎把她整个人包住。

祝樾提着公文包，拿着车钥匙走进楼道里。

旁边有一对小情侣靠在墙边搂搂抱抱，他忍不住好奇地往那儿瞟了两眼，一不小心和男人对视了一下。

祝樾怔了一下，扯着嘴角，尴尬地点了一下头。

男人也朝他颔首，指了指自己怀里的那个人说："吵架了，刚哄好，见笑。"

祝樾摆摆手，说："不会不会，我家的那人也喜欢这样。"

大衣下，岑蔚呼吸不畅，整张脸都红透了。

"他走了,你出来吧。"周然轻声说。

岑蔚没松手,只是抬起脑袋,整个人还贴在他的身上。

"怎么办?"周然低头亲在她的额角上,收紧手臂笑着说,"我好想一直这样。"

岑蔚噘起嘴,嘟囔:"我们家粥粥都没你这么黏人。"

"粥粥?不是嘟嘟吗?"

一不小心说漏了嘴,岑蔚眨眨眼睛,说:"它姓周,叫嘟嘟。"

周然失笑,问:"你家的狗随我姓啊?"

"嗯。"

"好吧,也不是不可以。"

楼道里飘来饭菜的香味,夜幕低垂,家家户户开始准备晚饭。

"我爸妈可能要留我吃饭。"周然说。

"嗯,那我在我姐家吃饭好了。"

"你要走的时候和我说一声,我送你回家。"

岑蔚点点头。

他们俩一前一后走上楼梯。岑蔚突然"扑哧"一声笑了。

"你笑什么?"

她放轻声音回答:"咱俩怎么上班像偷情,下班了也像偷情啊?"

"我是很想昭告天下的。"

"你少来。"

岑蔚按响门铃后,岑悦彤来开门,问她:"你这么快就回来了?"

岑蔚走进屋里,回答:"他就是逗我玩玩。"

岑悦彤叹着气摇头,恨铁不成钢地说道:"我想想也是,就你还当真了,看把你急的。"

祝樾洗完手从卫生间里出来,问岑蔚:"哎,你上来的时候有没有看到楼下的小两口？"

心里一惊，岑蔚问："什么小两口？"

祝樾说："他们好像吵架了。我上来的时候他们正抱着呢。那个姑娘和你姐一样，你姐一哭就往我怀里钻。"

"走开。"岑悦彤不承认，"我哪里有那样？"

后天家里人要做年夜饭。岑悦彤找朋友订购了两大箱海鲜，今天刚送到。岑悦彤想让岑蔚把它们带回去。

岑悦彤把海鲜分了分，准备把另外一半海鲜送给祝樾的爸妈。箱子里还剩了两条石斑鱼，她把它们打包好，对屋里的两个人说："你们先吃饭，我把这两条鱼给杨阿姨送过去。"

岑蔚拿起筷子，整个人僵住了。

听到门铃声，杨玉荣在厨房里喊："应该是楼上的姑娘，她早上说要给我送海鱼。"

周然"哦"了一声，起身去开门。

岑悦彤拎着塑料袋，周然打开门后，她把目光抬了又抬，终于看着男人的眼睛。

"你不是……"她微微睁大双眸，姐妹俩的五官不算像，但有些神态和小表情却如出一辙。

周然扬起嘴角，侧身把她迎进屋来。

"彤彤啊。"杨玉荣在围裙上擦了擦手，从厨房里走出来。

"阿姨。"岑悦彤把鱼递过去，"我看了看，鱼挺新鲜的，你们清蒸着吃也行。"

"好，好。"杨玉荣拍拍周然的胳膊，向她介绍，"这就是我的儿子，周然。"

岑悦彤抬眸，点点头："哦，他果然长得又高又帅。"

"哎呀，可惜你妹妹有男朋友了，不然我们就能亲上加亲了。"杨玉荣惋惜地说道。

岑悦彤瞄了一眼周然，后者但笑不语。

她脑子一转，很快就反应过来，会心地一笑，话里有话地说："不可惜，说不定我妹过两天就和她的男朋友分手了呢？"

周然皱了一下眉，不知道听了这句话是该开心还是该难受。

"哎，哪里能这么说？"杨玉荣顿了顿，话锋一转，"那到时候你一定要和她好好地介绍我们周然。"

"肯定的。"岑悦彤应了一声，语气夸张地说道，"我恨不得现在就把她拉下来。她见了周然肯定立马变心，回去就甩了她那个男朋友。"

杨玉荣只当小姑娘在打趣恭维她，笑得合不拢嘴。

周然摸了摸眉毛，拿出手机偷偷地给岑蔚发消息。

周然：你姐好像认识我。

岑蔚：她上次抢我的手机，看你的照片来着。

周然：你为什么会有我的照片？

这两年他虽然会发朋友圈，但很少让自己出镜。

岑蔚接连给他发了十几张照片。

等照片加载清晰后，周然一张一张地看那些照片。

照片里有他的侧脸，车窗外是一片虚焦的蔷薇花；照片里有他在邮轮甲板上的半身照，他穿着她送的那套西装；照片里有他的背影，他提着购物袋，背景是以前蓉城公寓外的那条街道；照片里也有他的手，他越过一桌子的菜，想把筷子递给她。

周然分不清心情是更意外还是更欣喜，用手托着脸，想遮住自己快要溢出的情绪。

周然：你怎么还偷拍我？

岑蔚：不是故意的，我都是不小心把你拍进去的。

所以，她在那段时间里很少发朋友圈，怕别人稍一留心就会发现她的生活照里有另一个人的痕迹。

岑蔚：不过很奇怪，我后来重新翻了翻照片，发现每张照片里有你的那部分都很清晰。

岑蔚：可能我确实是故意的吧。

岑蔚：当你出现的时候，我的取景框好像就只为你聚焦了。

第十三章
除夕之夜

对话框的顶端一会儿显示"对方正在输入",一会儿显示"老板"。

岑蔚就这么捧着手机等。好半天他终于编辑好文字,回复她。

周然:你吃完饭了吗?吃完了就早点儿下来。

岑蔚的眼角眉梢都带上了笑意,连对面的祝樾都察觉到了她的好心情。他问:"你笑什么呢,这么开心?"

岑蔚清清嗓子,放下手机,拿起筷子说:"没什么。"

门锁响动,岑悦彤回来了。

她进门后什么都没说,先朝着岑蔚笑了两声。

岑蔚吃着饭菜,只是装傻充愣。

岑悦彤在餐桌边坐下,看向祝樾,问:"你猜你刚刚在楼下看到的人是谁?"

"谁呀?"

岑悦彤把目光转向岑蔚。祝樾也看过去,眨眨眼睛,还没明白过来,问:"谁呀?"

岑蔚看看他们俩,承认道:"好吧,就是我。"

祝樾满脸疑问:"那……那个男的是谁?"

"杨阿姨的儿子。你说他们俩像不像话?"

祝樾挠挠额头,看着岑蔚,面露难色,说道:"你那个……那个男朋友呢?"

岑蔚和岑悦彤对视一眼,多年的默契让她们立刻心灵相通。

岑蔚面不改色地说:"甩了呀。"

岑悦彤面不改色地接话:"我支持,楼下的那个人比较帅。"

"啊?"祝樾被姐妹俩的三观吓蒙了,"这……这……这不好吧?"

岑蔚低下头抿住双唇,快要憋不住笑意。

岑悦彤拍拍未婚夫的肩,话里有话,说道:"所以要好好地保养哟,祝医生。"

祝樾皱紧眉头,瞪她一眼:"你敢。"

岑悦彤笑嘻嘻地凑过去。

过了一会儿,祝樾终于反应过来,问:"你的男朋友就是杨阿姨的儿子呀?"

岑蔚笑着点头:"嗯。"

"天哪!"缘妙不可言,祝樾感叹一番后,问岑蔚,"他的酒量好吗?"

岑蔚摇摇头:"不怎么好。"

祝樾拍着胸脯呼出一口气,高兴地说道:"太好了。"

他不会喝酒,每次去家里吃饭都要被岑烨嫌弃。以后他就不怕了,有人陪着他一起挨老丈人的骂。

岑悦彤白了他一眼,说:"你就这点儿出息?"

祝樾有些坐不住，问她："你还有什么东西要给楼下送去吗？"

"干吗？"

祝樾的眼里放着光。他说："我去见见我的连襟哪。"

听到这个称呼，岑蔚"扑哧"一声笑了。

岑悦彤说他比顾可芳还"老妈子"。顾可芳都不会一见面就喊别人"女婿"。

岑蔚想到什么事，嘴边的笑容又僵住了。

祝樾把白朗睿介绍给她认识后，他们四个的关系也曾受人羡慕。

但那会儿祝樾没提起过"连襟"两个字，也很少会拿"妹夫"来打趣白朗睿。

岑蔚和白朗睿分手之后，祝樾和岑悦彤说不尴尬肯定是假的。他们夹在那两个人中间，一边是妹妹，另一边是朋友。

他们劝过岑蔚和白朗睿，也替他们俩觉得可惜。

岑蔚知道，祝樾的私心肯定是更偏向白朗睿的。

但今天祝樾把这一句"连襟"说了出来，也许这是活跃气氛的玩笑话，也许他想告诉岑蔚，从前的那些事已经过去了。现在他站在家人的立场上，希望她能幸福，希望有情人终成眷属。

"叮咚"，门铃声响起。

桌边的三个人都不约而同地安静下来。

岑悦彤最先反应过来，朝岑蔚抬抬下巴："他是来接你的吧。"

岑蔚立刻起身去开门。

周然站在门外，应急灯亮着。

岑蔚打开大门。他在看到她的时候翘起嘴角。

"你吃完饭了吗？"

"差不多了。"岑蔚朝他伸出手，"进来。"

周然被她牵着进屋。

"这是我姐,这是我姐夫。"她介绍说。

周然跟着喊:"姐,姐夫。"

祝樾绽开笑容:"我老听叔叔和阿姨说起你,没想到原来咱们都是一家人。"

周然扬了扬嘴角,把岑蔚牵得更紧了一些。

今天见面不算正式,他们约了一个时间,下次再好好地一起吃顿饭。

时间不早了,岑蔚拿起自己的包,说:"那我们俩就先走了呀,周然送我回去。"

岑悦彤走进厨房里:"别忘了拿海鲜。"

周然伸手接过那个泡沫箱:"我来吧。"

把他们俩送到门口,祝樾叮嘱:"慢点儿开车呀。"

周然回应:"知道。"

下楼梯时,岑蔚挽着周然的胳膊,轻声问他:"你告诉你爸妈了吗?"

"我说有对象了,但没说对象是你。"

"哦。"

"我刚回来,公司那边还有一堆事,等稳定一点儿了我再和他们交代清楚,好吗?"

岑蔚用力地点头:"我也是这么想的,不着急。"

周然笑了笑。

把海鲜放进后备厢里后,他们坐上了车。

路上,周然把着方向盘,问岑蔚:"姐夫是医生?"

岑蔚扭过脑袋看他一眼。他说的是"姐夫",不是"你姐夫",男人们是不是普遍都对这种关系适应得很快?

"嗯,他去年刚留学回来,可厉害了。"

"那你爸妈应该对他很满意吧。"

岑蔚笑了一声,说:"那倒也没有,我妈可喜欢他了,但我爸很嫌弃他。不过也正常,女婿嘛,谁来当女婿在他眼里都是拱了白菜的猪。"

遇到一个红灯,周然踩下刹车,叹了口气。

岑蔚问:"怎么啦?"

"你这么一说,我突然有点儿紧张。"

岑蔚翘起嘴角,伸手摸了摸他的脸:"这就开始担心啦?小猪。"

周然"喊"了一声。

红绿灯跳转,岑蔚收回手重新坐正:"他们会喜欢你的。"

很快就到了岑蔚家的楼下。

周然停好了车,但岑蔚没动弹。

车外路灯昏黄,居民区静谧安宁。

车内,周然把手伸过来,岑蔚把手搭上去。

"刚刚上去找你的时候,我想起来一件事。"

"什么?"

"你走了大概一两个月之后吧,我在电梯里遇到了楼下的邻居。他们向我问起你,说好久没看到你了。"周然摸了摸她的手背,"我说你因为生我的气回娘家了,他们还教我怎么哄你。"

岑蔚勾了勾嘴角:"是吗?"

周然笑着"嗯"了一声。

车内安静了一会儿,岑蔚抿抿唇,出声问:"后来你是怎么过的呀?"

她想知道这件事很久了,但一直不敢问他。

周然佯装不满,说:"你还好意思问哪?"

岑蔚的眼瞳里映着路灯的光。她说:"不管你信不信,我那时候不比你好受。"

周然放轻语气说："我知道。"

前年的年底，心橙的财务出现了问题，那会儿他们几乎住在公司，没完没了地开会商讨对策。

现在，心橙虽然在国内的咖啡市场上勉强站稳了脚跟，但也没能实现净利润转正，"商业奇迹"的外衣下其实难以支撑。

那时候纪清桓差点儿向家里人低头求助。后来戚映霜知道了，二话不说就往他的卡里打了一笔钱。

纪清桓看到那个数字，又好气又无奈，在他们面前笑着宣布自己以后就是"软饭男"了。

夏千北说要不干脆把纪清桓送去入赘，以后纪清桓就认维仕做爹。

"那他为什么不先回家找亲爹磕个头？"

"去你们的，让你们想办法，不是让你们想怎么卖老板。"

其实，他们都是苦中作乐，那会儿都做好了满盘皆输的准备。

第一根烟是程易昀在公司楼下的便利店旁递给周然的。

周然抽了一口烟，嫌辣，呛得直咳嗽。

程易昀找店员又拿了一盒烟，问他要不要试试这个"薄荷爆珠"。

程易昀说他人生中抽的第一盒烟就是这个，抽起来不算爽，不过捏碎爆珠的瞬间还挺舒服，就像有些人爱捏塑料泡沫一样。

周然摇头："我不喜欢薄荷。"

但他还是买了那盒烟。

十一月已经算是入冬了，他抽了一口烟，冷得直打战。

程易昀问他："你不是说不喜欢吗？"

周然回答："就因为我不喜欢，它才更提神。"

那个晚上，岑蔚趴在他的肩头上，跟他说："那么多人里，只有和你待在一起我才能松一口气。"

周然和她恰好相反,一想到她就像心脏被一根绳勒着,没办法放松呼吸。

想到她的时候,他就觉得自己还能再挺一挺。

还好现在他不需要那么辛苦了,她就在他的身边。

岑蔚问:"要是我们没有在蓉城遇到,还会再见面吗?"

"会吧,我们会在相亲的时候见面。"

岑蔚笑起来,说:"那也挺有意思的。"

她模拟起那幅画面来,神气地说道:"哎,你是周然吧?你还记得我吗?我们高一时是一个班的。我找你借书,你这个小气鬼不愿意,还直接把凶手剧透给我。我因为你被教导主任骂了半节课,还写了八百字的检讨。"

她突然就翻起旧账来。周然"啧"了一声,想捂住岑蔚的嘴。

岑蔚伸手挡住他,伸长脖子继续说:"最过分的是什么?是后来班里有人传我们俩是因为早恋被叫走的。说我向你表白被拒,我恼羞成怒才用书砸的你。你说气人不气人?"

周然不动了。

岑蔚放下手,咬牙切齿地说道:"都这样了,你这个浑蛋居然还在十年后说忘了我是谁。"

"我没忘。"周然向后靠着座椅,垂下眼帘。

"我发现了。"他连她后来去了哪个班都记得清清楚楚,怎么可能忘了她是谁?

"而且那会儿大家都是开玩笑的,谁会真的那么想?"

岑蔚撇撇嘴:"反正吃亏的是我,又不是你。"

"那你现在还那么觉得吗?"周然抬眼看向她,"喜欢我这种人很糟糕吗?"

岑蔚皱眉,不解地问:"什么意思?"

周然看着她的目光称得上平静，只是手指不自觉地蜷缩出卖了他心底的耿耿于怀。

他发现自己仍旧记得很清楚——在同学们的满堂哄笑里，岑蔚窘迫、羞恼、不可思议的表情，还有那急于和他撇清关系的一句"我又不瞎，怎么可能喜欢他"。

一切都很清晰，像他上学时书桌上那些凹凸不平的划痕。

"我真的那么说了吗？我不记得了。"岑蔚表现得有些慌张。

周然耸肩，朝她扯出一个笑容："也可能是我听错了，没事，事情都过去这么久了。"

岑蔚看着他，心里泛起一阵说不清的异样感。

她倾过身去，伸手抱住周然："所以，我那时候伤害到你了吗？"

"没有，你别想那件事了。"周然揉了揉她的头发。

"对不起。"岑蔚把脸埋在他的颈侧，小声说。

周然失笑，说："你见外了呀，我们都是什么关系了？"

"这是十六岁的岑蔚对十六岁的周然说的。"

"那十六岁的周然也和十六岁的岑蔚说一声对不起。"

"哇。"岑蔚感慨，"我们差点儿就要记恨对方一辈子了。"

"不会。"周然说完又不太确定了，问，"会吗？"

岑蔚从他的怀抱中挣脱，跪在坐垫上，捧住周然的脸去亲他，从额头亲到鼻梁，再亲到眼睛下面。

"一点儿都不会。"她回答他刚刚问的那个问题。

"就算我曾经那么觉得，那也一定是因为我还没有喜欢上你。"

她接连亲了他好几下，吻即将落在唇上时周然歪头躲开她，没让她亲到他的唇。

他出声说："回家吧。"

岑蔚眨眨眼，无措地看着他："怎么了？"

车内光线昏暗，周然的声音低了下去。他说："再不走你今天就走不了了。"

岑蔚沉默两秒，从他的身上退开，边拉开车门边说："拜拜！"

周然勾了勾嘴角，也下了车，帮她把后备厢里的海鲜取出来。

箱子有些沉，他问："要我帮你拿上去吗？"

"不用，你路上慢点儿开车，到家了给我发消息呀。"

"嗯。"

周然看着她上了楼，才回到车里。

他来了好几次了，每次都在这个路灯下看着她上楼。

什么时候他才能名正言顺地上去坐坐？

周然笑着叹气，安慰自己日后总有机会。

第二天下午，岑蔚请假去了 4S 店。

画室离家只有几百米的距离，以前她每天都是步行去上班。

之前岑烨说要给她买车，岑蔚还觉得没必要。

但新公司在商业区里，她不买一辆车，通勤还是不方便。何况她也老大不小了。

岑蔚不想用老两口的钱买车，也不打算动用岑烁留给她的遗产。自己的存款虽然不多，但再不济她还能贷款。

岑烨听到她的想法后并不赞同，说："贷什么款？这钱是我们早就给你们俩存好的，你有一份，你姐有一份。"

"你们就自己留着花这份钱吧，等退休了多出去玩玩，别老是操心我和我姐。"

岑烨还想再说两句话。岑蔚强行转移了话题。

"爸，这辆车呢？我觉得还行。"

"你坐上去试试。"

有销售人员过来向他们介绍车。岑蔚和西装革履的男人对视一眼,两个人都觉得对方眼熟。

"岑蔚,是你吧?"男人先报出了她的名字。

某个名字就在嘴边,岑蔚闭上眼睛努力地回想:"你是那个那个……"

男人笑了一下,说:"周嘉诚。"

"对!"岑蔚长呼一口气,寒暄道,"好久不见。"

"嗯,你还和以前一样。"

岑烨的目光在两个人的身上打转。他问岑蔚:"这是你同学呀?"

"对,我们高中时是一个班的。"

周嘉诚伸出手,微笑着道:"叔叔好。"

"你好。"

周嘉诚给他们倒了两杯温水,问:"你是打算给谁买车呀?"

岑蔚指了指自己:"我。"

"哦。"周嘉诚点点头。

他是这儿的经理,细心又周到,听完岑蔚的情况和要求后提出了不少建议,建议也很中肯。

岑蔚今天只是想先来看看车,并不急着买,和周嘉诚加上了微信好友,说年后再过来一趟。

他们离开4S店时,岑烨意味深长地笑了笑,向岑蔚询问周嘉诚的家庭背景。

她知道她爸打的是什么主意,干脆坦白地说自己已经有男朋友了。

"那你怎么不早说呢?你妈还急着帮你找对象。"

岑蔚"嘻嘻"地笑了一下,说:"我们俩也就是刚在一起,不想急着见家长。"

"我也不着急见他呀,但你总要告诉我们一声啊。"

"我这不就告诉你了嘛。"

回家的路上,岑烨没提买车的事,倒问了很多关于周然的问题。

到家后,他把这个消息告诉妻子。顾可芳又拉着岑蔚问这问那。

五点多了,岑蔚收拾着东西说:"我出门了呀。"

顾可芳问:"你去哪儿呀?"

这次她终于可以大大方方地说实话了:"约会。"

岑烨叮嘱她:"你别乱跑哇。"

"我不乱跑,就去他家里吃饭。"

夫妇俩对视一眼,一个人说:"吃完饭早点儿回来。"另一个人说:"少喝点儿酒。"

"知道了。"

岑蔚下了公交车,直接去负一楼的停车场等周然。

现在正是下班的高峰期,岑蔚差点儿迎面撞上同事,吓得赶紧往柱子后面躲。

周然刚从电梯里走出来,远远地就看见了她鬼鬼祟祟的样子。

他咳嗽了一声,压住笑意,停下脚步,从口袋里摸出手机。

看到有新消息,岑蔚解锁屏幕,点开微信。

周然发来一张图片,配字"报告,发现可疑人员"。

岑蔚抬起脑袋张望。

周然朝她招了一下手:"这儿。"

"嘘!"岑蔚瞪他一眼,迈步小跑过去,"小心别被人看见了。"

"我的女朋友今天请假了,没来上班。"周然牵住她的手,凑到她的耳边低声说,"放心吧。"

岑蔚用拳头捶他:"你怎么还演上瘾了?"

周然勾唇笑起来。他看到她,上了一天班的疲惫就都没了。

坐上车后，周然问她："你看车看得怎么样？有喜欢的吗？"

岑蔚摘下围巾，回答："没什么特别的感觉，我看着那些车都一样。"

"不过，你猜我今天遇到谁了？"

"谁？"周然发动汽车。

"周嘉诚！你还记得他吗？"

周然仔细地回忆了一下，隐隐约约想起了周嘉诚的模样："高一时班里的那个体育委员？"

岑蔚点头："他现在在 4S 店里做销售。"

周然的反应很平淡。他说："哦，他发福了吗？"

岑蔚看他一眼，觉得奇怪，不知道他为什么上来就问这个问题。

"没有，不过他倒是沧桑了很多。还是他先说出我的名字来的。"

周然点点头。

岑蔚越想越觉得不对劲，问："他怎么了吗？"

"没怎么呀。"

"说。"

周然双手握着方向盘，目视前方："说什么？"

岑蔚猜测："你跟他有过节？"

"没有。"

"那怎么看起来你好像很不喜欢他？"

周然："……"

"你不是喜欢过他吗？"

岑蔚睁大眼睛："我什么时候喜欢他了？"

"你不喜欢他，为什么要把可乐放在人家的桌子上？"

岑蔚挠挠脑袋，皱起眉，冥思苦想。

"哦，我想起来了。"她用严肃的口吻为自己澄清，"那是因为有一次我低血糖,他给了我巧克力,我才还他人情的。"

"你低血糖?"

"对呀。"岑蔚眯起眼打量他,"那次明明趁着教室里没人,我才偷偷地把可乐放在他桌子上的。你怎么知道这件事?"

周然不吱声了。

岑蔚凑近他逼问:"嗯?"

某人心虚地躲开她:"我开车呢。"

"哼哼。"岑蔚勾起嘴角,断定,"你才是可疑人员。"

冬日昼短夜长,夜幕降临,车窗外的城市灯红酒绿。

周然提起一口气,攥紧方向盘,回答:"你要是这么说,我确实不算清白。"

九月,他们开学后没多久国庆长假就到了,但有传言学校要把他们留下补课,班级里怨声载道。

上完早读,周然趴在桌上,却没睡觉,盯着窗外的那棵树发呆。

今天出了太阳,日光把绿叶照得发亮。到夏末了,连蝉都叫得有气无力,声音不再洪亮。

"同学同学。"

周然抬起头。

女生站在他的座位旁边,问他:"你还有巧克力吗?"

周然眨眨眼睛:"你怎么知道我有巧克力?"

"我收数学作业的时候看见你的'桌肚'里有巧克力。"她着急地解释,"我问了一圈,别人都没带糖,你还有巧克力吗?岑蔚低血糖,不舒服。"

"岑蔚?"周然愣了一下,立刻弯腰低头,在"桌肚"里翻找起来。

这盒巧克力是小姑给他的,被他吃得只剩下几颗了。周然只找到两块薄荷味的巧克力。他不喜欢吃这种口味的巧克力，所以把它们剩下了。

"给你。"

"谢谢呀！好人一生平安！"女孩接过巧克力，回到自己的座位上。

周然跟着看过去，看到岑蔚趴在桌上。

离她太远，他看得不太清楚，也听不到那边的两个人说了什么话。

爸妈有事，今天早上是小姑送他上学的。周然差点儿迟到，因为周采虹忘记他已经上高一了。

"放心吧，我熟悉这里，肯定让你准时到学校。"她拍着胸脯保证。

山城的地势高低起伏，道路弯弯绕绕，周采虹抄近道把车拐进了一处居民区里。

在那里，周然无意中看到了同样匆忙出门的女孩。

原来她住在这里，她家离学校还挺近的。

估计她和他一样，快迟到了，所以没来得及吃早饭吧。

董依纯攥着两块巧克力，像是求来了什么仙丹。

"来了来了！"她拆开锡纸包装，小心翼翼地把巧克力喂给脸色惨白的同桌吃。

岑蔚头晕目眩，迷迷糊糊地张开嘴，含住那块巧克力。

舌尖最先尝到的是黑巧克力苦涩的味道，但苦涩的味道很快就被薄荷的凉意盖了过去。

渐渐地，两种味道融合在一起，泛出微微的甜意。

不知道是不是心理作用，岑蔚觉得舒服多了。

她半睁着眼，病恹恹地问："这是什么呀？"

董依纯把另一块巧克力也塞到她的手里："这种巧克力好像是

进口的牌子，我没见过，好吃吗？"

岑蔚点点头，第一次吃到这种味道的巧克力，它有很神奇的口感。

她问董依纯："这是谁给的呀？"

刚开学，董依纯还没记住所有人的名字，指着教室的后排说："就是那个男生，叫周……周……"

岑蔚扭头看了一眼："周嘉诚？"

"好像是吧，最后一排的那个。"

岑蔚点点头。

第二天的体育课，岑蔚趁着自由活动的时间去了学校里的小卖部。

那些男生为了不让别人买走冰可乐，把它们都悄悄地挪到了冰柜最上面的那层。

岑蔚踮着脚，努力地伸长手臂够冰可乐。

手指还差一点儿才碰到它，有人从背后先她一步拿下了那瓶可乐。

他的衣服无意中蹭过她的耳朵。岑蔚感到有些痒，伸手抓了抓耳朵。

她转过身，那个男生把可乐递到她的面前。

"谢谢呀。"岑蔚抬头看了一眼，发现对方有些眼熟。他好像也是他们班的同学。

男生什么都没说，甚至都没正眼看她。

他长得很高，可能都不止一米八，稍微一伸手就能够到冰柜的顶端。

岑蔚收回目光，从他的身边走过，拿着冰可乐回到教室里，把它放在周嘉诚的桌子上。

那天周然回到教室里,路过周嘉诚的桌子时看到上面有一瓶可乐,液化的水珠顺着瓶身往下淌,课桌上有了一片水渍。

他下意识地朝岑蔚的方向看去。

他是不是太敏感了?

很快打完篮球的男生们成群结队地回来了,一进教室就先打开了风扇,每个人都满头大汗。

桌上的卷子被吹落到地上,周然弯腰去捡。

"这是谁的呀?"周嘉诚发现了自己桌上的可乐。

其他男孩一看,立马凑过来起哄:"哦哟,不得了!"

"妹子送的吧?"

"诚哥牛呀!"

被围在中心的男生又高又瘦,浓眉大眼,在一群男高中生里称得上帅气。

他举高了可乐,提高声音问:"是谁放错了吗?"

同学们都回过头来,但没人回应他。

周然一直看着岑蔚。她甚至连头都没回一下,坐在座位上和同桌说话。

她对此不好奇,反倒印证了他心里的猜测。

"可乐就是别人给你的,你喝吧。"周然对周嘉诚说。

周嘉诚放下手,问他:"你看到了?"

"嗯。"

"谁呀?"

周然把捡回来的卷子放到桌上,随手拿了一本书压住它:"我不认识。"

周嘉诚"哦"了一声,拉开拉环,"哧"的一声,气泡翻涌。

绵密的白沫很快消失在橙黄色的液体里。

岑蔚拿着玻璃杯，问周然："你真的不喝酒吗？"

"不喝，我待会儿还得送你回去。"周然把下好底料的锅端上桌，喊她，"你过来把菜洗了。"

"来了。"岑蔚抿了一口啤酒，放下杯子，撸起袖子走进厨房里。

天冷，他们今天吃火锅，不过火锅是清汤的。

岑蔚不吃荤腥。周然也没多准备肉。

在夜深人静的时候吃上一顿温暖又清淡的餐食，倒也舒服。

明天就是除夕，岑蔚问周然在哪里吃年夜饭。

周然说："我爷爷奶奶家，你们呢？"

"我们家也是。"岑蔚顿了顿，说，"在奶奶家。"

电磁炉里的食物沸腾着。

吃过饭岑蔚觉得屋里太闷热，拿着啤酒瓶跑到了阳台上。

楼下就是灯火通明的街道，恍惚间她以为自己回到了蓉城的那间小公寓里。

一切好像都没变，只是现在是冬天。

周然收拾好餐桌，看见岑蔚趴在室外的栏杆上。

他拿起自己的外套，打开推拉门，走到她的背后。

"冷不冷啊？"周然把岑蔚裹进自己的大衣里。

"不冷。"她抬起头朝他笑，张开手臂钻进他的怀里。

"今天我忘了把粥粥带来了，应该介绍你们俩认识一下的。"

她郑重其事的语气把周然逗笑了。他说："我谢谢你呀。"

晚风带着寒意吹在脸上，岑蔚眨眨眼睛，眼眶泛红。

"周然。"

"嗯？"

她问："你有什么后悔的事情吗？"

周然抱着她想了想，回答："没有。"

"真的吗？"

"后悔又没有用，不如早点儿把事情想开。"

"嗯。"岑蔚在他的怀里点点头，发丝蹭过他的下巴，"你说得对。"

她抱着他的腰，收紧手臂，突然放声大喊："我好喜欢你呀！"

周然笑起来："你喝醉啦？"

"我就喝了一瓶啤酒，怎么会醉？"

周然亲了亲她的额头："你再说一遍我听听。"

"我不说，你都听到了。"

他的怀抱温暖安逸。岑蔚打了一个哈欠。

"困了？"

她懒洋洋地应道："嗯。"

"走吧，我送你回家。"

岑蔚摇头，不松手："我再待一会儿。"

这句话正中他的下怀，周然放轻声音说："好。"

他没有告诉岑蔚那两块巧克力是他的。

也许，他说出这件事之后，她会知道他们的故事其实很早以前就开始了。她会更喜欢他一点儿。

但周然不想让她对他的爱变得像他讨来的一样。

他们现在这样就很好了。

他已经很知足了。

岑蔚有两年没来奶奶家了。

去年过年的时候，爸妈是以岑蔚身体不好为借口跟奶奶说的，至于她到底是不能来还是不想来，大家的心里都有数。

宠物医院今天关门早，岑悦彤一下班就直接来爸妈家了。

他们三个人应该是提前商量好了，明里暗里都来探岑蔚的口风,想劝她一起去奶奶家吃饭。

其实,岑蔚这次没想逃避。

出于人情世故,她该去露个面、问个好。何况大过年的,她一个人留在家里也觉得凄凉。

岑烨准备了一堆水果和补品,挑了轻的东西让两个女儿拿着,进门前还特意叮嘱岑蔚:"待会儿记得喊一声'奶奶'呀。"

岑蔚点点头:"知道了。"

屋里来了好几家亲戚。他们都是爷爷的兄弟姐妹。爷爷是他们那辈人的大哥,可惜过世得早。但每年大家还是一起吃年夜饭,这是传统也是习惯。

奶奶在厨房里,岑悦彤拉着岑蔚走过去,喊:"奶奶,我们来了。"

"奶奶。"

老太太应了一声,抬头看了两个孙女一眼,挥挥手:"你们去沙发上坐吧。"

她满头白发,脸上的沟壑变得更深了。

一个姑婆来关心岑蔚,问她有没有男朋友。

岑蔚微笑着回答:"有了。"

"哎哟,那什么时候把他带回来让我们见见哪?"

顾可芳接过话:"我都不急着见他,你们急什么?"

很快话题又转移到岑悦彤的身上。亲戚们问她婚礼准备得怎么样了。

小辈们坐在电视机前看动画片。小侄子想吃核桃,岑蔚拿了一颗核桃帮他剥。

大人们在闲谈,小孩们在打闹,厨房里飘来饭菜的香味,家里难得这么温馨、热闹。

手机屏幕亮起,岑蔚把剥好的核桃仁放到小男孩的掌心里,拍拍手，拿起手机。

周然：开始吃饭了吗？

岑蔚：还没。

周然：奶奶刚刚把我单独拉过去，说给我准备了好东西。

岑蔚：什么好东西？

周然：呵呵。

他发来一张图片。岑蔚一看，那是一盘清蒸生蚝。

她忍不住"扑哧"一声笑了出来，赶紧用手捂住嘴。

小侄子趴在岑蔚的胳膊上，兴致勃勃地要看她聊天。

可惜小屁孩儿不认得几个字，指着备注名，说了半天的"老"字也喊不出第二个字。

"'老'什么呀？"岑蔚笑眯眯地问他。

小男孩灵机一动，大声喊："老公！"

岑蔚慌了，赶紧纠正他："是'老板'啦！"

大人们被童言无忌的小孩逗得哈哈大笑。

岑悦彤伸长脖子瞄了一眼岑蔚的手机，打趣她："他说的话倒也没错呀。"

吃饭前，岑烨拉了拉顾可芳，问她："芳琴来不来呀？"

顾可芳摇摇头。她叫杜芳琴了，但看样子人应该是不来了。

岑烨说："也好，随她去吧。"

桌上的饭菜十分丰盛，大家有说有笑地入席。

她来奶奶家之前的担心似乎都是多余的。岑蔚放松心情，渐渐地融到气氛里，话也多了起来。

直到老太太在空位上摆了一副碗筷。

碗筷是留给谁的，不言而喻。

屋里一下子没人说话了，有人偷瞄着岑蔚。岑悦彤按住岑蔚的胳膊，像是怕她会翻脸离席。

其实，岑蔚没什么感觉，看了一眼碗筷就收回目光，神色如常。

她很久没来过奶奶家，不知道奶奶家是一直有这样的规矩，还是奶奶今天特地摆出碗筷来提醒她那件事。

岑蔚拿起手边的筷子，扬起笑容问："可以吃饭了吗？我都快饿死了。"

"嗯，吃吧吃吧。"

大家又说笑起来。

脑子里什么都没有的时候，岑蔚总会不自觉地看向那副空碗筷。

她发现自己还是在意那个人的。

她突然又有些喘不过气。

小孩们吃了没一会儿就离开餐桌了。长辈们时不时地喊岑蔚多吃点儿、尝尝这个、尝尝那个。

岑悦彤小声对她说："待会儿咱们早点儿走，我就说我要去接你姐夫。"

岑蔚笑了笑，说："没事。"

她的手机被侄子拿去打游戏了，没过一会儿小孩跑过来，嘴里喊着："小姑姑，你'老公'给你打电话了！"

大人们又哄笑起来。老太太转过脑袋问岑烨："她有对象啦？"

岑烨点点头，没多说。

屋里本来就热，岑蔚被这么一起哄，脸颊发烫，连耳垂都红了。

她接过手机，离开座位，跑到阳台上接电话。

"喂。"

"喂，你去哪里了？"周然说，声音低沉沙哑。

岑蔚一时觉得有些好笑，问："什么叫'去哪里了'？"

他没说话，听筒里传来一起一伏的呼吸声。

岑蔚问："你喝多了？"

他说:"好像是。"

岑蔚叹了口气:"你在哪儿?"

挂断电话后,岑蔚回到餐厅里,向岑悦彤摊开手说:"把车借给我。"

岑悦彤指着衣帽架上的外套:"钥匙在口袋里。"

顾可芳看她要走,赶紧问:"你去哪儿呀?"

岑蔚拿了车钥匙,穿上自己的外套,回话说:"周然喝多了,我去看看,你们继续吃,别管我了。"

她匆匆地出了门。顾可芳追在后面喊:"你开车小心点儿呀!"

"我知道!"

周然的爷爷奶奶住在独栋的老房子里。岑蔚在路口停好车,在巷子里走了一大圈才找到地方。

有小孩在院子里放烟花,她看见抽烟的男人正站在屋檐下。

夜色如墨,月光清亮,寒风吹动树上的枯枝和残叶。

屋里的光映亮了他的半边身子。他的气质是冷硬的,他走T台都不违和。但岑蔚走近了却看见他在低着头笑。

手里的"仙女棒"烧完了,邻居家的小女孩拿了两根新的"仙女棒"朝他跑去,伸长胳膊让他帮忙点火。

周然叼着烟,从口袋里摸出打火机,蹲下来,让跳动的火苗点燃"仙女棒"的顶端。

绚丽的星火随即绽放,稚嫩清脆的笑声响了起来。

"小心点儿,别烧到自己的头发。"周然说着站起身,这才看见岑蔚。

他愣了一下,拿下嘴边的烟,踩灭烟头,朝她张开双臂:"你来了?"

岑蔚走到他的面前站定,朝他伸出手掌。

周然看了看她的手,问:"什么?"

"你说呢？"

周然抿着唇，从口袋里摸出烟盒，放在她的手上："爷爷硬要把它塞给我。"

"嗯。"岑蔚从包里找出一盒薄荷糖，放进他的口袋里。

周然顺势把她搂进怀里，醉意朦胧地告状："你不知道，他们今天都欺负我。"

岑蔚笑了，问："谁呀？怎么欺负你了？"

家里喝酒的只有四个男人，其他三个人被老婆管着，不能多喝酒。到后来爷爷、他爸和小叔全把杯子里剩的酒倒给了周然。

他摆摆手说自己不行了。小姑拍拍他的背："年轻人嘛，回去睡一觉就好了，你也该锻炼锻炼了。"

一晚上，他喝了至少有将近半斤白酒。

周然懒洋洋地靠在岑蔚的身上，说："头晕。"

他在屋外站了那么久，手也还是暖的。

岑蔚摸摸他的头发，问："我送你回家睡觉吧，好不好？"

她来的时候屋里的人就隔着窗户看见了她，但不好意思出来打扰他们俩，一直悄悄地躲在里面看他们呢。

岑蔚觉得怎么也得进去打一声招呼，在来这里的路上就做好了准备，反正以后也要见他们。

周然出来抽了一根烟，吹了一会儿冷风，神志清醒了不少。

岑蔚想牵着周然进屋，被拽了回来："不用管他们，我们走吧。"

"啊？这样不好吧。"

周然拉着她就往外面走："没什么不好，走了。"

岑蔚一边走一边回头，对着屋里的人弯了弯腰。

这会儿春晚应该开始了，大街上空空荡荡的。

路上，坐在副驾驶座上的人突然嚷嚷着口渴。

"回到家我给你倒水喝。"

"我想喝可乐。"

岑蔚看他一眼,不知道他突然抽什么风,说:"我现在去哪里给你买可乐呀?"

周然抱着胳膊,把脸转向车窗,说:"你好讨厌。"

岑蔚不想搭理醉鬼,说:"对,我讨厌。"

男人冷冷地"哼"了一声。

岑蔚提起一口气,让自己保持冷静。

她真想把他这副模样录下来,再把视频发到工作群里。

好在周然走路还算稳,不然她可真扶不动他。

岑蔚用钥匙打开公寓的大门,刚把一只脚迈进屋里,就被人揽着腰推到了墙角里。

肩胛骨撞上了瓷砖,好在冬天她穿得厚。

她还没来得及发出一个音节,就被堵住了双唇。

周然捧着她的脸,吻得她几乎喘不过气。

后背贴着墙壁,岑蔚退无可退,只能承受着他失去理智的亲吻。

她小腿发软,伸手扶了一下旁边的柜子,香水晃了晃,倒在台面上。

"你去哪里了?"周然哑着嗓子问,眸色幽深。

岑蔚呼吸急促,不明白他的问题,问:"什么'去哪里了'?"

那天回家后找不到岑蔚,周然最初感到担心、着急、无措,但最后生出了几分愠怒。

岑蔚在把自己变得不堪的同时,也让他变得不堪了。

酒精麻痹了神经,让周然的意识回到了两年前。

他看着岑蔚,把每一个字都说得很轻,但每一下呼吸里都夹杂着无法言说的痛意。他问:"你敢勾引我,就不敢让我爱你吗?"

一瞬间岑蔚呼吸凝滞,胸口发疼。

周然几乎在逼问:"你把我当成什么人了?"

他攥着岑蔚的手腕,可能都没意识到自己用了多大的力气,手指掐得她有些疼。

岑蔚抬手挣扎了一下。周然不放开她。

果然他还是怪她的。岑蔚叹了口气,感到疲惫。

她不确定如果现在如实地把情况告诉他,这个醉鬼明天醒来后还会记得多少事情。

她也没有勇气把事情说出口。这是大年夜,家家户户都在看春晚、迎新年,她不想提这些烂事,觉得晦气。

她更害怕看到周然知道那些事后的反应。

当时连白朗睿眼里的于心不忍都让她觉得刺痛,她不想让周然以后想她时总是带着可怜的意味。

岑蔚把额头靠在他的肩上,鼻子泛酸。她哽咽道:"别这样。"

屋里静悄悄的,一秒、两秒过去,周然慢慢地松开了手。

恢复了理智后,他抹了一把脸,嗓音沙哑,说:"我去洗澡。"

浴室里传来水流声,岑蔚记得他刚刚说口渴,走进厨房里烧了一壶水。

她翻了翻家里的医药箱,没找到用来醒酒的药。

周然出来的时候,客厅里的电视上播放着春晚。岑蔚把杯子递给他,里面的水是温的。

"你还头疼吗?"岑蔚摸了摸他的手背。

周然喝着水,摇摇头。

岑蔚勾起唇,笑着说:"明天我再给你买可乐喝。"

周然也笑了,听起来她像在哄小孩。

他们并肩坐在沙发上,盖着同一条毯子。岑蔚被周然抱在怀里。

岑蔚忍不住打了一个哈欠。

十点多的时候，手机屏幕不停地亮起，每个群里都有人在发红包，不少好友发来新年祝福。

周然在公司的群里发了两个大红包，懒得理群发祝福。

岑蔚拿着手机逐条地回复亲朋好友的消息，还会跟一些人聊上两句。

白朗睿祝她新年快乐、平安健康。

岑蔚回复了"谢谢，你也是"，又打字问他。

岑蔚：你最近过得还好吧？

白朗睿：挺好的。

过了几秒，他又发来一句话。

白朗睿：祝樾找我当伴郎。我想了想，你肯定是你姐的伴娘。

岑蔚：对，怎么了？

白朗睿：没什么，我怕你介意，你要是不舒服我就让他找别人当伴郎。

岑蔚愣了一下，赶紧打字。

岑蔚：不会。

岑蔚：没关系，那样也挺好的。

白朗睿：嗯。

白朗睿还在医院里值班。他们没再聊下去。

他们俩都不是很外向的人。比起祝樾和岑悦彤，他们以前更想细水长流地过日子，可后来还是把日子过得寡淡了，没得到一个好结果。

放下手机，岑蔚盯着电视屏幕长叹了一口气，有些心不在焉。

很多年前白朗睿告诉岑蔚，他送走的第一个病人是一个二十岁出头的年轻女孩。她还没从大学毕业，长得清秀漂亮。

他说这些话的时候，坐在床边，眼眶发红，呼吸轻微地颤抖。

女孩年纪小，发现自己怀孕后也不敢把这件事告诉家人。

她术后细菌感染,被送到医院的时候发着高烧,一路说着胡话,嘴里喊的是"妈妈"。

直到医生宣布女孩死亡,白朗睿也没看见过她的那个男朋友。最后留在他的记忆里的只有那对父母哀痛的哭声。

他要是从别人的嘴里听到了或在新闻上看到了这件事,在心里或嘴上惋惜一下也就过去了。

可那是在他的眼皮子底下流逝的生命。

他忘不了那一声鲜血淋漓的"妈妈"。

那天白朗睿把岑蔚裙子上的纽扣一颗一颗地扣好,在她的额头上亲了亲。

他说性归根到底是生育的一环,它是夹杂着现实意义的。

"也许,人类的身上残留着未完全进化的兽性,但我们受到的教育教会了我们自律和不伤害他人。"

"女孩在性里往往予取予求,近乎献祭式地表达她们的真心,但那不是爱,也换不来爱。"

他严肃地告诉岑蔚:"不管将来我们走到哪一步、你和谁在一起,你都不能那样。"

岑蔚从背后抱住白朗睿,没让他看见她在那一刻掉的眼泪。

她那会儿在想:要是全天下的男人都能这么想,是不是就不会有那么多女人遭遇不幸?

她也不至于有这么恶心的出身,不用这么讨厌自己的存在。

岑烁一次欲望的滋生毁了三个女人的人生——哦,还有一个未出生的胎儿的人生。

如果那个小孩顺利地降生,小孩的人生会是怎样的?

小孩又做错了什么呢?

一切恶果都是从某个不起眼的瞬间开始,一切事情本不该发生。

毫无疑问,岑烁是个人渣。听到他得了慢性淋巴细胞白血病,岑蔚才知道原来这种病还有那么多种类。

她也觉得痛快过：看吧，他做错了事，果然遭到了报应。

可当岑烁真的变成了人渣，岑蔚又突然意识到，那是爸爸。

这是一道无解的难题。

岑蔚从知道岑烁生病开始，身体内就出现了一个水池。

时间一天天地过去，水位线一点点地上升。

她摸不到水池的边缘，找不到放水口，只能眼睁睁地看着自己的呼吸变得越发困难。

人总是会犯一些明知道承担不起后果的错误。

她没办法自救，所以干脆把一切事情都破坏掉。

那晚躺在周然的身下时，某个瞬间岑蔚从心里发出了一声冷笑。

看吧，男人的本性大都如此。

但今天周然跟她提到了一个字，"爱"。

这个字对今天的他们来说太沉重了，可周然说，她当时应该让他去爱她。

她现在信了。周然也许真的敢在第二天带她去民政局。

怪不得他恨她。

手机铃声响起，顾可芳问她还回不回去。

岑蔚看了一眼旁边的人，说她不回去了。

她挂断电话后，周然靠过来，用脑袋蹭她的脖子。

岑蔚觉得痒，故作嫌弃地推开他。

零点要到了，周然突然起身，过了一会儿，拿着一个红包回来，红包上还印着心橙的Logo。

他抓着岑蔚的手腕，把红包"啪"的一声拍在她的掌心上。

那里面有厚厚的一沓钞票，岑蔚捏了捏红包，估计红包里得有两千块钱。

"我还有压岁钱哪?"岑蔚生动地演绎了什么叫"见钱眼开",笑得眉眼弯弯。

"嗯,平平安安。"

岑蔚放下红包,从沙发上站起来:"等等啊。"

她从包里取出一个首饰盒,把里面的银链拿出来并解开,跪在沙发上,对周然说:"你过来。"

他伸长脖子挪了挪身体,问:"干吗?"

"你说呢?"岑蔚把手绕到他的脖子后面,"套项圈。"

银链的款式是最简单的锁骨链,中间坠着一块小银片。

扣好搭扣,岑蔚捧着周然的脸,低头亲了亲他的嘴唇。

"新年快乐,你也平平安安。"

他们能听到隐隐约约的爆竹声。

不好的事都被留在了过去,等待他们的是崭新的岁月。

电视里,主持人们齐声为全国的百姓送上新年寄语。

岑蔚坐在周然的腿上,他们有一下没一下地亲吻。

心跳开始变快的时候,周然拿过遥控器,把电视关上了。

屋里静得只有他们的呼吸声和衣料的摩擦声。

"你的生理期结束了吧?"周然问她。

岑蔚"嗯"了一声,生理期前两天就过去了。

"上楼,我帮你。"

岑蔚听懂了他的意思,说:"真做也没事,我在吃短效药。"

知道她的体质后周然就查过资料,有基本的常识。

"那你也得先吃几天药。"

岑蔚掰着手指算了算:"七天,刚好。"

周然怔住,蹙起眉,现在距离他们正式确定关系也只过了一周的时间。

他意识到什么事,咬着牙叹气:"你呀。"

岑蔚笑着问:"我怎么了?"

她被周然抱了起来。他离开客厅,向二楼的卧室走去。

这两年岑蔚想明白了一件事。

性和爱本身是美好的,残留的本能驱使人类寻找最原始的欢愉。

她们的欲望不可耻。

她们要爱惜和保护自己的身体,但同时也有享受性的权利。

"我好想你。"岑蔚搂着周然的脖子,亲了亲他的耳朵,那里迅速变红了。

某人看起来像是恼羞成怒了,说:"闭嘴,不许说话。"

岑蔚笑得更欢,说:"我好像没来得及告诉你,还是你比较好用。"

觉得心脏快要炸开,周然沉下声音,严肃地说道:"我都说了,你闭嘴。"

岑蔚偏不消停,说:"其实,在那天之前我连续做了好多天的梦,在梦里和你……"

"咱们两年没见,你怎么变得这么没羞没臊?"周然把她丢到床上,抓着卫衣的下摆,利索地脱掉了上衣。

岑蔚看着纯白的天花板,说:"我没什么不敢承认的事。"

"那你再多说两句话。"周然掐着她的腰,把她翻了过来。

后背裸露在空气里,皮肤上冒出了小疙瘩,岑蔚笑了一声,说:"你不是刚刚还让我闭嘴吗?"

周然的声音传来。他说:"说吧,会有你说不出话的时候。"

"你今天是装醉吧?"

她的脖子被亲了亲。岑蔚瑟缩了一下,很快进入了状态。

周然没说话。她不用看他都知道他在笑。

他到底是喝了半斤酒，迟迟不进入正戏。

岑蔚很想骂人，问："你在故意和我较劲吗？"

"没有。"

岑蔚想松手，说："我累了。"

周然抓着她，不让她逃走，说："你相信我，还是我比较累。"

他脖子上的链子向下坠着，银片一晃一晃的，最后落在岑蔚的肩头上。

卧室的灯被打开，已经后半夜了，周然带她去了卫生间。

岑蔚被灯光刺得睁不开眼，嘤咛着往他的怀里缩。

周然安抚似的亲了亲她的额角。

"那你就来爱我吧。"岑蔚突然出声说。

"周然，来爱我。"她闭着眼，半梦半醒地嘟囔，"我也会爱你的。"

"我想留下来，不想回去。"

岑蔚哭了。

她抽泣着说："我要喘不过气了。"

"你来救救我。"

第十四章
永远爱你

有那么半分钟,周然愣在了那里,没办法顺畅地呼吸,也没办法思考。

什么叫"救"?

什么叫"喘不过气"?

周然设想过很多种她离开的原因,这会儿却不敢细思下去。

岑蔚垂着脑袋小声啜泣,断断续续地喊他的名字。

周然难受得心快碎了,把她抱在怀里,用力地搂紧她,用手掌抚着她的背。

"好。"他说,"我会的。"

岑蔚本就没什么力气了,哭了没一会儿就迷迷糊糊地睡着了。

周然把她抱到床上,扯过被子盖在她的身上,自己却困意全无。

借着小夜灯,他坐在床边盯着岑蔚看了一会儿。

她连五官都没有一处锐利的地方,面容干净柔和,很耐看。

她还是胖点儿比较漂亮。周然抬手摸了摸她的额头。她现在太瘦了。

他起身关了灯，走出卧室。

他想从外套的口袋里掏出烟来，指尖碰到一个冰凉的铁盒，才想起来烟被岑蔚没收了。

周然握着糖盒，哑然失笑，打消了抽烟的念头。

他倒了一杯水，坐在椅子上，摸了摸脖子上的银片。

在岑蔚闯进公寓之前，周然一直认为自己应该秉持的是独身主义。

他不想让自己的事麻烦别人，也不想让别人来麻烦他。

每个人能把自己的生活过好就很不容易了。

可他看见婚姻幸福、家庭美满的人时，心里还是会羡慕他们。

周然在电梯里遇到过好多次桑妍一家人。

有时候是周六的早上，他们要一起出去旅游；有时候是他下班回来时，年轻的爸爸抱着儿子，让儿子唱今天在幼儿园里学会的歌。

他每次在旁边看着他们时，都会不自觉地翘起嘴角。

但他又不敢去追求那种生活。

这样的感觉让周然想起上学的时候。他一边缩在自己的角落里，觉得无人打扰更安静自在，一边羡慕那个总是被簇拥的男孩，羡慕他们的热闹。

这很矛盾，他既需要独处，又渴望有爱人陪伴。

一开始，周然并不打算再次喜欢上岑蔚。

可她好像是另外一个他。

他们待在一起的时候，他不想说话就可以不说话，不用刻意找话题维持气氛。

他们的喜好相似，所以一起看电视时，不用忍让对方。

他和她待在一起时跟独处时一样自在，甚至更开心。

所以，他对她心动是在所难免的吧？何况，那是他曾经就喜欢过的人。

今天晚上岑蔚跟他说:"其实,在那天之前我连续做了好多天的梦,在梦里和你……"

周然听到这句话快疯了。

以前,他有一段时间没法直面岑蔚,不敢看她。她一朝他的方向靠近,他就想跑。

因为有一天晚上,他梦遗了。

那会儿,周然在感到羞耻的同时又觉得自己是个浑蛋。

可岑蔚今天告诉他,她也做了这样的梦。

说起来有点儿没面子,他青春期里的第一段暗恋、第一次性幻想,到他成年之后的第一个吻、第一夜,全都被一个人拿走了。

她很厉害,也只有她能做到这些事。

岑蔚给他戴项链的时候,说是"套项圈"。

周然一点儿都没觉得生气,甚至乐呵呵地把脖子凑上去了。

她没收他的烟、冷着脸管他的时候,他也觉得高兴。

他再也不是独身主义者了,现在更应该叫"爱人至上主义者"。

周然重新倒了一杯水,端着杯子上楼,怕岑蔚中途醒来会口渴。

他放轻脚步回到卧室里。岑蔚睡得很沉。

周然把杯子放到床头柜上,掀开被子躺到她的身边。

他闭上眼睛,想:现在他还不能求婚,要不先开口让她搬过来?

"不行。"

没想到她会拒绝,周然怔了怔,问:"为什么不行?"

岑蔚垂下眼帘,咬了一口面包:"反正不行。"

周然不明白她的顾虑,说:"我们又不是没一起住过。"

岑蔚说:"那不一样,以前我们只是室友。"

周然挑眉:"是吗?"

"反正要再等等。"岑蔚抬头看了周然一眼,提醒他,"而且,你别忘了，咱俩现在还在一个公司里上班。"

周然不情愿地"哦"了一声，看上去有些委屈。

岑蔚忍不住勾起嘴角，对他说："你能不能不要这么'恋爱脑'哇？"

周然反问她："恋爱中的人如果不'恋爱脑'，那是什么脑？"

岑蔚一下子被噎住，说不出话来了。

她端起面前盛着酸奶麦片的碗，舀了一勺坚果，把勺子伸到周然的嘴边："你多吃点儿核桃，补补脑。"

周然眼神幽怨地张开嘴。

今天是大年初一，他们中午还要去亲戚家拜年。

吃过早饭，他们俩一起出了门。周然昨晚把车停在爷爷奶奶家的楼下了。

岑烨打来电话，让岑蔚带一盒烟回去。

她在路边找了一家营业的小店，买完烟后，又从货架上拿了一罐可乐。

回到车上，岑蔚把烟放进包里，把可乐丢到周然的怀中。

"你还真给我买可乐呀？"

"嗯。"

岑蔚又转头叮嘱他："今天你别喝酒了呀，别又喊头疼。"

周然回应："知道了。"

岑蔚在表姐家里吃了年初五的晚饭。顾亦婷和岑悦彤同岁，姐妹三个人小时候经常凑在一起玩。

顾亦婷在首都工作，这次是带着老公一起回家的。

成年之后，这些兄弟姐妹也就只有过年的时候还能聚到一块。三个人坐在一起，聊天聊得尽兴，一不小心就喝多了酒。

顾亦婷最先倒下。岑悦彤和岑蔚后来又喝了一瓶红酒。

这两天她天天叮嘱周然别喝酒，没想到今天自己却醉了。

他们回家前，顾可芳一看丈夫和两个女儿都是一副神志不清的模样，格外无奈。

她给大女婿打了电话，喊他来把岑悦彤接走。

祝樾是和周然一起过来的。

他今天也喝了一点儿酒，下楼的时候看到杨阿姨家的大门开着，屋里很热闹，应该是有亲戚来拜年。他便进去瞧了一眼。

幸好周然在，能开车送祝樾过来。

毕竟，还没正式和岑蔚的父母见过面，周然在楼下停好车，就坐在车里等她。

祝樾上去了没几分钟，周然的手机就响起铃声。他接起电话，把手机放到耳边，"喂"了一声。

祝樾对他说："你还是上来吧，你老婆也喝醉了。"

挂了电话，周然赶紧开门下车，倒不是担心，就是觉得稀奇。他知道岑蔚的酒量不错，她也不是贪杯的人。

周然走到二楼的拐角处时，人已经等在门口了。他一步跨过两级台阶，加快步伐走上去。

"阿姨好。"

顾可芳抬头看了男人一眼，不动声色地回应："你好。"

"我来吧。"周然伸手揽过岑蔚，让她靠着自己。

岑烨还在屋里。祝樾把岑悦彤丢给丈母娘，去扶老丈人。

"你说他们姓岑的人讨不讨厌？"顾可芳对周然说。

周然笑了笑，不敢点头。

岑蔚站得不太稳，但不闹腾，安安静静地趴在他的怀里。

"周然。"她嘟囔着。

周然微挑眉毛，觉得挺意外的——她居然还知道他来了。

他轻声问："你难受吗？"

岑蔚摇摇头，伸出手臂搂着他的脖子，踮起脚，朝他噘起嘴。

周然没动弹,先转过头看了一眼顾可芳。

顾可芳转过脑袋不看他们俩,抿着唇偷笑。

周然觉得不好意思,捏着岑蔚的脸,把她按回怀里。

她不满地"哼"了一声。

舅妈出来送他们,看周然面生,问顾可芳:"这是谁,小女婿呀?"

顾可芳笑着点点头,"嗯"了一声。

周然清清嗓子,低下头,不想让自己的心情全从脸上流露出来。

一辆车坐不下六个人,祝樾带着岑悦彤打车走,让周然送他们三个人回去。

岑蔚一上车就歪着脑袋、闭上眼睛了。岑烨醉醺醺的,一路上嘴里不停地嘀咕。顾可芳也就是看未来的女婿也在场,想给他留点儿面子,没好意思骂他。

周然把车开到楼下时,想下车把岑蔚扶上去。顾可芳拦住他。

"你们别上来了,你把岑蔚带回去吧。我一个人晚上照顾不了两个酒鬼。"

周然愣了愣,赶紧答应。

"你在这儿等等啊,我帮她拿两身衣服。"顾可芳走出去两步,又走回来,弯腰透过车窗对着周然说,"年后挑个时间,让岑蔚带你来家里吃饭。"

周然点点头:"知道了。"

顾可芳朝他笑了一下,和岑烨一起上了楼。没过一会儿,她把收拾好的衣服和日用品拿了下来,放在车的后座上,叮嘱周然:"你路上慢点儿开车呀。"

周然说:"好。"

楼道里光线昏暗,周然没看仔细,到家了才发现岑蔚整张脸都涨得通红。

她一直在喊"热",还喊"口渴"。她平时喝酒根本不上脸,今天到底是喝了多少酒?

岑蔚一进屋就开始解外套的纽扣,拉开冰箱的门,把脸探进去。

周然把手里的袋子放到沙发上,揪着她的后领子,把人抓回来。

"热。"她嚷嚷。

周然拿出来一瓶可乐,关上冰箱的门。

他抽了两张餐巾纸,把可乐包住,再把冰凉的易拉罐贴在她的脸颊上。岑蔚舒服地呼了口气。

"爽了吧?"

岑蔚点头。

"洗澡睡觉了。"

岑蔚朝他张开手臂。

周然低低地笑了一声,把她抱在怀里。

他一边上楼一边说:"怎么办哪?你爸妈不要你了。"

他觉得她醉酒的样子太乖,所以起了坏心思,想欺负她一下。

他却没想到,很快脖子上就感到了一片湿热。

岑蔚吸了吸鼻子,哭了。

周然立刻慌了,走进浴室后把人放到洗手台上,问:"怎么了?"

岑蔚撇着嘴,耷拉着眼皮,眼泪不断地从眼眶里涌出。她像是真的被人抛弃了。

"我瞎说的。"周然赶紧解释,替她擦了擦眼泪。

他不知道那句话会对一个成年人有这么大的杀伤力,怎么哄都哄不好她。她越哭越凶。

最后,周然只能抱着她,听着她嘶哑地呜咽。

岑蔚的眼泪快把他的心也浇湿了、淋透了。

"不会的，他们不会不要你。"他低声重复着这句话。

岑蔚还是不停地哭，也许，根本没听见他在说什么话。

周然难过地亲了亲她的额头，说："我永远爱你。"

岑蔚从来没有这么黏过他。第二天早上周然醒来时，她还把胳膊搭在他的腰上，靠在他的怀里睡着。

周然不忍心打扰她，轻手轻脚地起床。

九点多的时候岑蔚醒了一次，抱着脑袋喊"不舒服"。

周然坐在床边安抚了她一会儿。岑蔚迷迷糊糊地又睡着了。

他关上卧室的房门，下楼拿了车钥匙，准备出门。

上车前他给杨玉荣打电话，让她熬一锅香菇青菜粥。小时候他一生病就想喝这种粥。

周建业中午不在家。杨玉荣下了面条，中午母子俩就凑合着吃面条。

煮好粥后，杨玉荣把粥装进保温桶里，又打包了几样小菜。

"姐和姐夫在家吗？"周然问。

杨玉荣愣了一下才反应过来，他说的是楼上的小两口。她忍不住打趣儿子："你还没过门，就喊得这么亲啦？"

周然不好意思地笑了笑。

杨玉荣回答他："我早上出门的时候碰见小祝去上班了，估计彤彤也在店里，怎么啦？"

周然又问："姐的店在哪里呀？"

"就在外面的那条街上，水果店旁边的那家宠物医院。"

"哦。"周然接过被打包好的袋子，起身说，"我走了。"

杨玉荣跟在他的后面叮嘱："她要是实在不舒服，你就带她去医院看看。"

"没事，你就别担心了。"

"年后找个时间,把她带回家吃饭啊。"

"知道了。"

周然在附近的心橙门店里买了几杯热咖啡。他对那家宠物医院有印象,只是之前不知道岑蔚的姐姐就在那里工作。

他提着两个大纸袋,用胳膊肘推开玻璃门。

前台的工作人员听见动静抬头看过来。男人没带着猫猫狗狗,又不像是送外卖的小哥。工作人员有些茫然地问:"您是有预约吗?"

周然说:"我找岑医生有点儿事。"

"哦,她这会儿可能在忙,你先坐在这儿等等。"

店里有别人寄养在这里的小动物,周然隔着玻璃窗看它们。

有一只蓝色的英国短毛猫在睡觉,一只前爪上绑着绷带,看它怪可怜的。

没过一会儿,岑悦彤跑出来,看见来的人是周然,意外地说:"你怎么来了?"

"我刚好在附近。"周然把手里的咖啡递过去,"也不知道够不够。"

"够够够,太客气了。"

周然笑了笑,问:"你现在忙吗?"

岑悦彤感觉到他应该是有话要说,摇摇头,招呼他进来坐。

周然说:"还是你恢复得好,岑蔚现在还在家里瘫着呢。"

岑悦彤骄傲地"啧"了一声,说:"她能跟我比吗?"

这会儿不忙,她带着周然走进了办公室里。

同事们拿到了咖啡,向岑悦彤八卦男人的身份。

"他是我妹夫,帅吧?"

里面有一间没人的休息室,岑悦彤开门走进去,和周然面对面坐下。

她捧着白色的咖啡杯，说："每次我喝这种咖啡时，那丫头都要向我炫耀，说包装是她设计的。"

周然翘起嘴角："嗯，她很优秀。"

"她从小就喜欢画画，没想到还真成艺术家了。"

岑悦彤抬起头，看向对面的男人："有话就问吧。"

其实她能猜到他的来意，想想岑蔚也不会主动告诉他那些事。

周然摸了摸眉毛，像是在犹豫怎么开口。

岑悦彤说："你想问两年前岑蔚怎么了，对吧？"

周然点点头："我之前猜是她的爸妈出事了，但……"

岑悦彤端起纸杯，抿了一口咖啡："是她爸，她的亲生父亲。"

脑子里"嗡"地响了一声，周然突然无法思考，又突然把一切事情都想明白了。

"我们也不知道她什么时候知道那些事的，可能她知道得比我都早。我妈跟我说，当时家里人为了怎么处理这个孩子，吵了好多天。后来是我爸听不下去了，一拍桌子说他来养她。那会儿出了事，我爸也天天在家里哭，说后悔了，应该把她送走。"

…………

"岑蔚刚开始的时候不开口说话。我一直想着要不要带她去看看心理医生。后来，有一天半夜我听到她在房间里哭。她看了我小叔写的遗书，我也不知道上面写了什么，从第二天开始她慢慢地就开口说话了。"

"我小叔出殡的那天，她被我奶奶拖过去看火化完的骨灰，回来一看见肉就吐，吃饭也没胃口，人一下子就瘦了下去，到现在也没养回来。"

…………

"你回来之前，她跟我说过好多次想你。"

这句话让周然凝重的脸色缓和了些许。他往上扯了扯嘴角。

"我说那你就去找他呗。她摇摇头，说'不去'。"说到这儿，岑悦彤叹了口气，"我和祝槭谈恋爱之后，连一点儿小事都想让他知道。我一开始挺不理解岑蔚的，但想了想，我们都没经历过她经历的那些事，没有资格劝她。"

周然觉得心脏有些不舒服，那种密密麻麻的刺痛让他连呼吸都变得困难。

岑悦彤最后说："我今天告诉你这些事，也不是想让你心疼她或可怜她。岑蔚应该也不希望那样，所以一直没跟你说这些事。我们就相信她吧，你看她现在不就好好的吗？"

周然点点头，扯出一个笑容。

纸杯里的咖啡凉了，离开宠物医院时他朝玻璃窗里看了一眼，那只灰猫已经醒了。

被室外的冷风一吹，眼睛酸涩得发疼，周然抬手揉了一下眼睛。

他走进旁边的便利店里，刚跟老板说完"拿一盒烟"，口袋里的手机就响了。

岑蔚是不是在他的身上装监视器了？周然乐了。

"喂。"

电话那头的人应该是刚醒，懒洋洋地问："你去哪儿了呀？"

"我去给你买药了，马上就回去。"

"哦。"

"你有什么想吃的东西吗？"

岑蔚想了想，说："冰激凌。"

周然蹙眉："现在是冬天，哪里有卖冰激凌的地方？"

"那就算了。"

挂了电话，周然对老板说："不要烟了。"

他顿了顿，又问："现在还卖冰激凌吗？"

周然回家的时候，怀里抱着一束花，手里提着保温桶和一袋冰激凌，口袋里塞着药。

他没法拿钥匙，抬手按响了门铃。

岑蔚打开门就看见一束花，睁大眼睛问："你怎么还买花了？"

"上次的那束花凋谢了。"周然把花递给她，换鞋进屋，"你饿了吗？"

岑蔚捂着肚子说："快饿死了。"

周然把冰激凌放进冰箱里，打开保温桶，又去厨房里拿了一把勺子，喊岑蔚："来吃饭。"

粥还是热的，稠度刚好，咸淡适中。

岑蔚见这个保温桶不像是他从外面买来的，问："这是你妈妈做的饭吗？"

"嗯。"

"好好吃，怪不得你小时候胖乎乎的。"

周然笑了一声，说："这些饭菜根本体现不出她的水平，下次我带你回家里吃饭。"

岑蔚整个人愣了一下，回应说："好呀。"

周然刚刚没多想就说了那句话，听到岑蔚欣然应允才松了一口气，抬手揉了揉她的头发。

他在家里吃过几口饭了，现在坐在这儿，一边看手机一边陪着她。

岑蔚喝着粥，精神也慢慢地恢复过来。

抬眸看见玄关上浅绿色的花束，她冷不丁地出声说："周然，你知道吗？我人生中第一次收到花，是在高考结束的那天。"

周然停下动作，抬头看向她。

"那是一个阿姨，她穿着长裙，我记得那束花里有向日葵和玫瑰。她跟我说——'同学，恭喜你长大了，祝你金榜题名，前程似锦。'"岑蔚微微地翘着嘴角,垂下眼帘,"我还没来得及说话,就听到爸妈和姐在喊我。在朝他们走过去的路上,我突然反应过来了,她是'妈妈'。但是我再回头时,就找不到她了。"

周然一下子不知道该说什么话。

"姐刚刚给我打电话了,说你去找她了。"

周然的第一反应是道歉。他说:"对不起。"

"没事。"岑蔚把手搭在他的胳膊上,看着他说,"我本来还不知道要怎么告诉你那些事,这样我就轻松多了。"

那种密密麻麻的刺痛感又袭上心脏,周然伸手抱住她,好像只有这样才能缓解他的疼痛。

岑蔚平静地告诉他:"你知道吗?从小到大我都听他们说,生我的人是勾引别人丈夫、破坏别人家庭的小三。他们说她坏,可我一点儿都不恨她,反而觉得对不起她。我不知道那天学校的外面有那么多人她是怎么一下子认出我的,是不是偷偷地来看过我好多次,会不会想认识我,我们还有没有机会再次见面。"

"我从来没有跟别人说过这件事。"岑蔚长叹了一口气,用脸颊蹭了蹭周然,"我现在觉得好多了。"

周然说:"我昨天不该说那句话的,对不起。"

"没事。"今天醒过来后,岑蔚回想起昨晚发生的事,也觉得后悔。她肯定吓到周然了。

"以前班里总有一些男生喜欢对女同学搞恶作剧,我还特别瞧不起他们,觉得他们幼稚。但现在看看,原来我自己也没好到哪里去。"周然语气诚恳地忏悔,"果然男人都不是好东西,一有钱就会变坏。"

岑蔚实在忍不住,轻轻地笑出了声。

"你怎么这么可爱呀?"她揉了揉周然的脸。

周然蹙起眉,严肃地说:"我是认真的。"

岑蔚点点头："嗯。"

她看见周然的眼里布满了血丝，用指腹抚了抚他眼睛下面的那一小块皮肤。

"你不要为我难过。"岑蔚说。

周然抓住她的手，把它牢牢地握在自己的掌心里。

喉咙发紧，他发不出声音，只能加重手里的力道。

他克制不住的轻微颤抖让岑蔚的鼻子一下子酸了。

她就是不希望看到他这副模样。

"过来。"周然把岑蔚抱到腿上。

午后的阳光射进来，照在瓷砖上，照亮了空气中细小的尘埃。

他们接了一个安静的吻，唇瓣轻轻地贴在一起，只是这样就足够了。

"以前上学的时候我看见你那副模样，还以为你在家里不受宠、天天被你姐欺负，所以你习惯了忍气吞声。"

岑蔚把额头抵在周然的肩膀上，笑得胸腔一颤一颤的。

她忽然反应过来，提出疑问："你怎么这么关注我呀？你不对劲。"

周然移开目光，不吱声。

岑蔚告诉他："我爸妈和我姐都很好，我姐夫和我前任也很好，我这辈子遇到了很多好人，以前都是我自己和自己过不去。我也不是想讨所有人的喜欢，只是怕别人讨厌我。"

周然牵着她的手晃了晃："现在呢？"

"现在？"岑蔚在他的脸颊上亲了一下，"现在有你爱我就好了，你别再讨厌我。"

"我什么时候讨厌过你？"周然按着她的后腰，微仰起头，望向她的眼底，"我从来没有讨厌过你。"

那时，岑蔚仍旧没能理解话里的意思，只当他在安慰她。

他们都没再提以前的事,就让它过去吧,时间是朝着明天走的。

周然觉得心疼是难免的,但不会可怜岑蔚,只会为她感到骄傲——她很勇敢。

公司原本要在大年初九复工,但疫情扩散的速度极快。几个高层的领导商讨之后,决定还是让大家先居家办公一段时间。

岑蔚毅然决定收拾东西搬到周然家里住。理由是她怕万一他一个人被封控在家里,他照顾不好自己。

周然抱着双手靠在门框上,看着她把自己的衣服挂进衣柜里:"我以为你是怕好几个月见不到我。"

"好吧,也有这个原因。"

周然笑了一声。岑蔚把小狗也带过来了,它现在正围在他的腿边打转。

"它很喜欢你,平时很怕生的。"岑蔚说。

"是吗?"周然蹲下把小家伙抱起来,举到面前看了看,"我怎么感觉它长残了?它没小时候可爱了。"

闻言,岑蔚猛地提起一口气,甩下手里的衣架,一个箭步冲过来捂住粥粥的耳朵。

她瞪大眼睛斥责周然:"你怎么能当着孩子的面这么说?"

周然愣住,微张着嘴,半天才憋出一句话:"我错了。"

岑蔚从他怀里抱过粥粥,抚摸着它的毛,用温柔的语气说:"咱不听他的呀,我们粥粥漂亮着呢。"

周然放下手臂,挠了挠脑袋——敢情养狗之前他还得买一本《育儿宝典》。

居家工作对岑蔚的影响不算大。他们这些画图的员工只要有设备,在哪里工作都一样。

工厂停工了,产品就得延期上新。

现在心橙的主要售货渠道是线上的App，公司还要调整很多营销方案。

周然不停地开大大小小的会议，常常在书房里一待就是一整天。岑蔚做好饭，再把饭端进去给他吃。

她让周然给她加工资，说她现在把秘书的活也承包了，一个人打两份工。

周然笑着说"好"。

岑蔚因为从早到晚都得对着电脑屏幕看，没几天就觉得眼睛干涩。她每天醒来时，脑袋也昏昏沉沉的。

这天她开完会，时间已经快到晚上七点了。岑蔚摘下框架眼镜，合上笔记本，倒头躺在了沙发上。

周然从书房走出来，问她晚饭想吃什么。

岑蔚有气无力地回答："随便。"

"我去做饭吧，你要不要先去洗澡？"

岑蔚懒洋洋地瘫在那儿不愿意动弹，说："等会儿。"

"怎么了？"周然走过来。

岑蔚觉得头晕眼花，揉揉眼睛，说："估计是看多了电子产品。"

"别揉眼睛。"周然抓住她的手腕，在沙发上坐下，让岑蔚枕在他的大腿上。

"以前我早上九点上班，下午六点下班，但现在感觉每天一睁眼就在工作，作息完全被打乱了。"她闭着眼睛抱怨。

周然帮她揉太阳穴，力道不轻不重。他说："你得慢慢地适应现在的生活。"

岑蔚突然睁开眼睛："怎么感觉我在你面前说这种话，显得特别不懂事？"

"怎么不懂事了？"

"你是老板，比我忙多了。"

周然的眼里有了笑意。他说："还好，我有过比现在更忙的时候。"

岑蔚看着他，用眼神示意他继续说下去。

"就是前两年，心橙出了财务方面的问题，你应该在新闻上看见过那些事。"

岑蔚依稀有印象，但不清楚具体的情况，问："问题很严重吗？"

"嗯，纪清桓差点儿经历第四次创业失败。"

"天哪。"岑蔚惊讶地张大嘴巴，旁人在新闻上看到只言片语，根本产生不了什么感觉。她说："怪不得有一段时间，你好像在朋友圈里消失了。"

"我就是从那时候开始抽烟的。"周然向她坦白，"我知道抽烟不好，但没办法，心里太烦了，不干点儿什么坏事就过不下去。"

岑蔚想到什么事，扯出笑容说："我懂。"

周然替她按摩了一会儿，问："你好受点儿了吗？"

岑蔚用力地点头，把他的手抓到嘴边，在上面亲了一口。

粥粥在叫，估计是饿了。

岑蔚满血复活，起身去料理"儿子"的晚饭。

第二天下午，周然端着水杯从书房里走出来，岑蔚正坐在餐桌边和下属开视频会议。

她用一只脚踩着椅子的边缘，弯腰弓背，用手撑着脑袋。她不仅坐姿懒散，眼睛也快要粘在屏幕上了。

怪不得她总是说头疼、不舒服。

周然走过去，伸出一只手按着她的额头，把她的头往后推。

岑蔚看了他一眼，挺直背，换了一个姿势重新坐好。

周然没说话，拿起桌上的水壶给自己倒水。

岑蔚收回目光，瞥了一眼电脑屏幕，发现部门的员工们一个个都睁大了眼睛。他们藏都藏不住八卦之心。

按理说她一个快三十岁的女青年，就算还没结婚，和男朋友同居也没什么稀奇。但那会儿岑蔚不知道自己为什么觉得心虚，脱口而出："刚才的那个人是我爸。"

周然差点儿被嘴里的一口水呛死。

他站在桌子对面，故意咳嗽了一声，压低嗓音说："宝贝呀，饿了吗？"

岑蔚伸长脖子，狠狠地瞪了他一眼。

周然勾了勾嘴角，端着杯子走回书房里。

岑蔚整理了一下表情，把目光移回电脑屏幕上，说："继续。"

晚上她结束工作后，还是先把粥粥的晚饭准备好了。

见周然一直没出来，岑蔚按下书房的门把手，透过门缝探头望去。

周然正在和屏幕那端的人说话，抬眸看了她一眼。

岑蔚突然朝着他弯唇笑起来。周然皱起眉头，有一种不妙的预感。

她关上了书房的门，轻手轻脚地走进来。

…………

报复成功，岑蔚心满意足地笑了。

他咳嗽了一声，目光还停留在电脑屏幕上，但用手捏住她的脸。

他用的力道有些重，脸颊被捏得发疼。岑蔚忍不住轻轻地"哼"了一声，抓着他的手腕，用力地挣脱了他的手。

周然第一时间点击鼠标关闭了麦克风。

他靠着椅背，将胳膊肘撑在扶手上，把拳头抵在唇边，没敢看小框里的画面，只能祈祷书房里光线昏暗、大家也都在开小差，希望没有人留意到他逐渐泛红的面色。

周然觉得自己要疯了。

他又一次用恶作剧给自己挖了坑。

行政主管说起话来就喋喋不休。周然到最后根本没法集中注意力,不止一次起了中断会议的心思。

他甚至把耳机的音量调到了最低。

一分一秒被拉得格外漫长。

终于要散会了,助理问他还有没有话要说。

周然咬着牙,下颌的线条都绷紧了。他深吸一口气,打开麦克风,从喉间迸出两个字:"没有。"

"啪"的一声,他合上笔记本电脑,皱着眉头叹了口气。

"滴水之仇,涌泉相报,是吧?"

岑蔚翘着嘴角,耸了耸肩。

"宝贝,这次你真的过分了。"周然把字音咬得很重。

岑蔚看见他的脸上是真的有愠意,心里"咯噔"了一下。她拔腿就想跑,却被人掐着腰拽回来。

"我错了。"她赶紧赔着笑求饶。

"哼。"周然并不买账,看着她的眼神里就写着三个字。

等着吧。

"你让我明天怎么在这里工作?"男人嗓音沙哑地问。

岑蔚说不出话,弯着眼睛笑。

这一晚他们吃上饭的时候,夜已经很深了。

今天岑蔚的症状就不仅仅是头晕眼花了,她现在还腰酸背痛。

睡觉前她趴在床上,让周然给她按摩。

周然捏着她的肩,问她:"等疫情形势好转一点儿,你要不要和我一起去健身房?"

岑蔚说:"我又不胖。"

"你去练练柔韧性。"

"为什么?"

"每次我还没怎么揉你的肩膀,你就喊疼。"
"……"
岑蔚礼貌地小声询问:"我可以对你说脏话吗?"
周然想了想,一本正经地回答:"最好不要。"
"为什么?"
"我会在你身上把账讨回来。"
"好的。"
"嗯。"

第十五章
你像春天

社区负责人没有完全限制他们出行,但只允许每户人家隔天安排一个人出门采购一次物品。

在家里待了一周,岑蔚憋不住了,嚷嚷着想出去玩。

周然抱着粥粥坐在沙发上,把火腿肠当成零食喂给它吃:"那明天你出去买菜。"

"不要。"

"你不是说想出去吗?"

岑蔚叹了口气,说:"我是想和你一起出去玩,又不是想出去买菜。"

她一回头就看见粥粥用前腿扒着周然的胳膊,直勾勾地盯着火腿肠。

岑蔚嫌弃地摇摇头:"它这么爱吃肉,也不知道像谁?"

周然掌心里的最后一点儿肉屑都被它舔干净了。粥粥吐着舌头,像是还想吃火腿肠。

"没了,你明天再吃吧。"他揉揉小狗的脑袋,把它从腿上抱起来放到地上。

岑蔚在做下一个系列产品的设计稿,正无精打采地趴在餐桌上修改图案。

周然去卫生间里洗了手,走到她的身边,轻拍她的背,提醒她坐正。

"那你现在就开始计划要去哪里、要干什么,等疫情形势一好转,我们就走。"周然从冰箱里拿出两瓶酸奶,投喂完小狗,又来投喂她。

岑蔚抱着膝盖坐在椅子上,真的开始歪着脑袋筹划起旅行来。注意力被悄无声息地转移,她想到雨过天晴的未来,心情终于没那么烦闷了。

"你们今年还在游轮上办年会吗?"岑蔚问。

周然摇头:"还不知道。"

岑蔚扬起笑容,突然对年会充满期待,说:"这次我去参加年会就名正言顺啦。"

周然笑了,说:"哪一次你不名正言顺哪?"

岑蔚的生日在情人节前三天。本来周然想带她去江边的餐厅里过情人节,享受鲜花、红酒和烛光晚餐,谁知道疫情突然暴发,外面的店铺全都停业了。他连蛋糕都买不到。

离零点还有五分钟时,他们躺在被窝里。卧室里漆黑一片,但他们俩都还没睡觉。

岑蔚看着天花板,问:"三十岁是什么感觉呀?"

上了一天的班,周然早就困了,懒洋洋地回答:"就那样。"

"我想了想,好像也没什么特别想许的愿望。"岑蔚侧过身子抱住他,对他说,"我觉得我现在想要的东西都可以靠自己的努力得到,用不着许愿。"

周然抱紧她,在她的额头上亲了一下:"可能这就是三十岁的意义。"

秒针走过数字 12 时,手机的闹铃声响了。

周然伸手关掉闹铃,撑起身,给她三十岁的第一个吻。

"生日快乐,三十岁快乐。"

他困得眼睛都睁不开。岑蔚捧着他的脸揉了揉,笑着说:"你快睡吧。"

周然重新躺下,嘴里念叨着:"礼物在茶几的抽屉里,明天你自己去拿。"

岑蔚一听这句话,作势要掀开被子,被周然拽回来:"你明天再看礼物。"

"不行,这样我睡不着。"

"好吧。"周然松开手。

岑蔚一骨碌翻过身,下了床,踩着拖鞋"嗒嗒"地下楼。

抽屉里除了平时堆放的杂物,还有一个她没见过的信封。

岑蔚拿起它捏了捏,信封硬邦邦的,里面好像有一张卡。

不会吧?

她提起一口气,屏息凝神地拆开信封。

"嗯?"岑蔚捏着那张卡看了看,有些发蒙。

这张卡不是银行卡,倒像是小区或写字楼的那种门禁卡。

她回到卧室的床上,问周然:"这是什么呀?"

"你猜。"

"你快说。"岑蔚钻进被窝里,伸手去捏他的侧腰。

周然弓着背躲开她,抓住她的手腕,认输说:"这是新房的门禁卡。"

"新房?"

"嗯,家里人几年前就买好了新房,不过还没精装过房子。"周然揉了揉眼睛,打了一个哈欠。

那它不就是……婚房?

岑蔚的表情僵住了。她攥着卡平躺下去,突然不知道该说什么话。

"周……"她刚想出声,一扭头发现周然已经呼吸均匀地睡着了。

岑蔚把那张门禁卡轻轻地放到床头柜上,拍灭了小夜灯。

亲朋好友们蹲点给她送祝福。她逐条回复完消息,又玩了一会儿手机,一直到天快亮才睡着。

在三十岁这一天,岑蔚收到的第二件大礼是一把车钥匙。

一家四口人见不了面,只能打视频电话,岑蔚又生气又想哭,说:"我都说了自己买车。"

岑悦彤嗑着瓜子"哎哟"了一声,说:"你就拿着吧,我那会儿还是求着爸帮我买的车呢。你这样搞得我多不好意思。"

顾可芳笑了一声,说:"你还会不好意思呀?"

他们热热闹闹地说笑了一会儿。周然从厨房里走出来,喊岑蔚吃饭。

屏幕的那端,顾可芳用胳膊肘碰了碰丈夫:"你看到没呀?"

岑烨装傻,问:"看到什么?"

"你什么时候能做一顿饭给我吃?"

"我没做过饭吗?你忘了?"

老两口你一言我一语地斗起嘴来。这通电话最后在两个女儿"不要吵架""好好相处"的叮嘱声中结束。

这两个月以来,周然和岑蔚从早到晚都待在一起,生活里也不是没有摩擦和矛盾,但也无伤大雅。

他们俩都不喜欢吵架,也不是擅长吵架的人。

天气暖和了一些，趁着出太阳的周末，岑蔚把家里的被罩和床单洗了，换上了新的雾霾蓝色四件套。

阳光温暖，空气里飘浮着细小的尘埃，她看着空荡荡的窗台，想着要不要在家里种两盆花。

周然最近在家里闲着没事干，开始驯狗，但教了粥粥两周也没教会它握手，倒是喂了它不知道多少根火腿肠。

本来，岑蔚担心疫情严重会影响收发快递，给粥粥囤了两大盒这个牌子的低盐鸡肉火腿肠，现在火腿肠也只剩几根了。

看周然那副坚持不懈的模样，岑蔚叹着气摇摇头，心想以后就把给孩子辅导功课的任务全都扔给他吧，他这么有耐心。

脑袋里突然蹦出这么一个想法，岑蔚又愣住了，回头看了客厅里的男人一眼。

她恍惚地觉得自己已经和他结婚好多年了。

岑蔚收回目光，弯唇笑了笑，把湿床单搭在衣架上晾好。

"你教会它了吗？"她走出阳台，回到客厅里。

"它学会了一种动作。"周然站起身，看着地上的小家伙说，"粥粥，开饭啦。"

小狗立刻摇着尾巴奔向它的碗，吐着舌头做嗷嗷待哺状。

周然满意地笑了笑，看着岑蔚，一副求夸奖的样子。

岑蔚抿了抿唇，于心不忍地说出实话："这难道还需要教吗？是条狗都会吧？"

周然板着脸白了她一眼，指责她："就是因为有你这种总是泼冷水的父母，孩子才不相信它自己的能力。"

岑蔚做了一个"请"的手势："那您来，育儿大师。"

三月底，春回大地，暖风驱散了寒冬的阴霾。

疫情得到了控制，公司通知下周一开始正常上班。岑蔚看完消息后振臂欢呼了一声。周然的情绪却并不高涨。

他说："你不觉得其实这种居家办公的模式也挺好的吗？"

岑蔚看着他，眯起眼睛："你不会还怕见人吧，小社恐？"

周然摸了摸脖子："也不是怕，我就是觉得没必要社交。"

岑蔚问："为什么没必要？"

周然顿了顿，开口说："其实人都是很自私的，大部分在社交中受欢迎的人概括起来无非就是有两个特点。"

"什么？"

"可利用价值高和带来的麻烦少。"

岑蔚琢磨着这句话，发现事实好像就是如此。

周然说："就像有些人看起来随和、脾气好，大家都喜欢他们，觉得和他们待在一起很舒服，那他们自己呢？他们自己也一样舒服吗？"

岑蔚垂下眼帘，想到了自己。

周然下结论："所以呀，大多数人不过是贪图自己的安逸。"

"但是……"岑蔚想到什么事情，问他，"如果人真的都这么自私的话，咱们在蓉城的时候，你半夜看见我哭了，为什么要过来？你完全可以不管我，上楼睡觉哇。"

"我……"周然一下子没话说了。

岑蔚笑起来，说："而且你忘了一件事，人和人在接触和交往的过程中是会产生感情的。一旦我和你有了感情，你有再大的麻烦我也愿意帮你解决。哪怕你没有什么可利用的价值，我也想陪在你的身边。"

她说着，伸手牵过周然，十指交叉握住他的手。

周然问："你是说，爱？"

"嗯。"

周然点点头，蓦地笑了。

岑蔚又举了一个更直观通俗的例子："你说，虽然一个人吃饭想吃什么东西就吃什么东西，但是不是大家在一起有说有笑的时候，你才吃什么饭都香？"

周然只能认同地点头。

窗外的树冒出新芽，新芽嫩绿嫩绿的，焕发着生机。

鸟语花香，春天又到了。

岑蔚出生在冬日里，却温柔如春花。

在过往的三十年里，她终究是被爱浇灌着长大的。

"岑蔚。"周然低声喊她的名字。

"嗯？"岑蔚看着电视里播放的推理综艺节目，综艺节目已经是第五季了。

"你……"周然顿住，清清嗓子，有些难以启齿地说出接下来的话。

"怎么了？"

"你好温暖。"

他抬手指了一下窗外，认真地说道："你像春天，我很早就这么觉得。"

他难以把这句话说出口，不是因为这句话有多么羞耻，两个人早就把腻歪的话都说过了。

只是因为，这不是三十岁的周然想说的话，而是十六岁的他想要告诉女孩的话。

你好温暖，就像春天。

他只是想看着她，就像上课开小差的时候总会盯着那棵树发呆一样。

他能在十六岁的时候见过那一场明媚柔和的春天，就已经觉得很幸福了。

岑蔚缓缓地转过脑袋看向周然，有些不明白他的言谈举止里为什么有一种突如其来的生涩感。

那不是她熟悉的样子,更像记忆深处某个好久不见的男孩。

她突发奇想,问:"你说,我们要是高中的时候就做了朋友,现在会怎么样啊?"

周然伸长手臂拿过桌上的柠檬茶,低头咬住吸管。

餐饮店正常营业后,岑蔚开始报复性消费,天天都点奶茶和外卖,为了凑单还拉着他一起吃不健康的食物。

对于岑蔚提出的设想,周然的第一反应是抗拒:"别。"

岑蔚盯着他:"为什么?"

周然说:"你跟我做朋友,图什么?你让我帮你接近周嘉诚?"

岑蔚简直无语,不知道他想到哪里去了:"你怎么还记着他呀?周然,你的心眼儿有绿豆那么大吗?"

周然白了她一眼。反正他记得,那会儿自己每天被班里的女生问得最多的问题就是"周嘉诚去哪儿了"。

岑蔚靠在沙发上,两个人的肩膀紧挨着。她畅想道:"你可以带小说给我看哪,然后我每天给你带吃的东西。我们放学后还可以一起回家,不好吗?"

周然笑了,点点头,评价:"听起来好像还不错。"

岑蔚来劲了,把剧本继续往下写:"我们都去蓉城上大学,然后你'男大十八变',我回头一看,发现你还挺不错的。"

嘴角挂着浅笑,周然说:"如果你那时候了解我,你不会想和我谈恋爱的。"

听见他的语气很肯定,岑蔚问:"为什么?"

周然想了想,回答:"减肥不仅仅要改变生理上的很多习惯,精神状态也会受到影响,人更容易变得暴躁,脾气会变差。而且,这个过程可能会反复多次,有一段时间我都觉得自己没有人样了。"

岑蔚抱住他的胳膊,轻声问:"那你后来是怎么成功地瘦下来的？"

周然转头看她一眼，说："你应该不会很想听我那段经历。"

岑蔚眨了眨眼睛，懂了："那我收回刚刚的问题。"

周然笑着"嗯"了一声。

他喝着带有薄荷叶的柠檬茶，说："我还是觉得我们现在这样是最好的。"

如果他一开始就站在朋友的位置上，可能会一直喜欢她，但不会敢来爱她。

现在他们的状态才是最好的。

岑蔚点点头，歪着脑袋靠在他的肩上："你猜凶手是谁？"

周然报了一个角色的名字。

岑蔚猜另一个人是凶手，露出一个坏笑，说："好，猜错凶手的人今天晚上做饭。"

周然答应完才察觉到不对劲，问："你是不是刚刚去微博上看了结局？"

"没有哇，我最讨厌剧透了。"

周然半信半疑。

真相大白后，岑蔚举起双臂欢呼："耶！我赢啦。"

周然咬着牙，不爽地说："你肯定看过这期节目了。"

"我没有！"岑蔚否认，"你自己猜错了凶手，怪谁？"

周然说道："我没认真看这期节目。"

岑蔚说："嗯，快做饭去吧，大侦探。"

周然只能愿赌服输，走进厨房，系上围裙。

"下次看节目之前，你先上交手机。"

岑蔚乐了，被他激起了胜负欲，说："行，交就交。"

四月，公司要组织团建。大概因为之前的几个月他们都在家里憋得受不了了，投票的结果被公布出来后，排名第一的地方是北大湖滑雪场。

他们都在西南地区，却都想去祖国的东北地区，心倒挺野。

最后，周然把时间定在了四月底，这样他们一回来就能享受五一假期，算下来能有一周的假期。

他一公布这则消息，公司群里就被"老板万岁"刷屏了。

岑蔚也跟着他们在群里凑热闹。

有一个员工接了一句"老公万岁"，不知道是打错了字，还是故意玩梗，毕竟公司里觊觎年轻老板的人还真不少。

那个人很快就撤回了消息，但还是被大家揪出来打趣，群里的气氛一下子活跃起来。

周然也看见了那条消息，勾起唇角笑了笑，放下手机，抬头对沙发上的人说："我还以为那是你发的消息呢。"

岑蔚不以为意，说："我怎么可能干这种事？"

周然说："你最好不会。"

"不过，最近你的人气下跌了不少，你知道吗？"岑蔚抿唇笑起来。

周然挑眉："嗯？"

"齐全呀。他是EC部新来的小帅哥，已经成为我们公司的新晋流量了。"

"哦。"周然点点头。疫情防控期间网络直播成了销售的热门渠道，公司新招了几个员工，让他们专门负责这部分工作。周然记得是有一个小伙子长得不错。

岑蔚告诉他："最近大家在办公室里聊的话题都是关于他的，说他不该只负责场控工作，他应该去镜头前当主播。"

周然轻笑了一声，并没有把这件事放在心上。

到了他们出发去吉城的那天，早上两个人是一起去机场的。但周然直接走进了候机室，岑蔚先去找同事们会合。

冬奥会在即，岑蔚听他们说明年心橙也会加入联合推广的国产品牌。这次他们可不仅仅是来团建的，那些高层的领导还要见客户。

虽然两个人在同一家公司工作，但岑蔚很少过问周然的工作，下了班也很少再和他聊工作上的事。她是想避嫌，也不想让其他事情侵占他们的私人生活。

怪不得他们昨天晚上收拾行李时，她兴奋得像个要春游的小学生。周然却唉声叹气，仿佛被人胁迫去参加团建的。

他们俩的酒店房间也不在同一层。周然问过岑蔚要不要把她的房间换过来。她拒绝了，不想引人注意。

白天岑蔚和同事们一起吃饭，又约好下午去雪场体验一下滑雪。

很多人都是山城本地人，都没怎么见过雪，更别提这样白茫茫一片的冰雪世界。他们仿佛抵达了童话中的神奇国度，天地开阔，白雪皑皑。他们一边排队进入雪场，一边频频发出感叹。

岑蔚换上了臃肿的滑雪服，拿出手机拍了一段视频，把视频发给周然，想第一时间和他分享此刻激动的心情。

周然很快回复了她。

周然：玩得开心。

岑蔚：你不来吗？

周然：今天应该没时间了。

岑蔚：好吧，辛苦了。

手指被冻得有些僵硬，她打错了好几个字，才慢吞吞地编辑好一条消息。

岑蔚：我好想和你一起玩。

周然：注意安全，别受伤。

彭皓是个爱玩的人，以前就学过滑雪，女孩们都围着他。

岑蔚自认欠缺运动细胞，胆子也小，学起滑雪来成效并不好。

但她只在这种茫茫的雪地里肆意地打滚儿就已经很解压了。最后他们打起雪仗来，嬉笑着，追逐着彼此，仿佛回到了无忧无虑的少年时代。

在停下来喘气的时候，岑蔚看着眼前散落的人群，又有些失落。

如果周然也在就好了。

庾思若看她在发呆，朝她砸过去一个雪球，她也不躲开。庾思若喊道："姐，你在想什么呢？"

岑蔚晃晃脑袋，抖落头上的雪粒，喊回去："想你姐夫！"

庾思若放声大笑："下次你把他带来呗，我看他们就有人带家属来。"

岑蔚叹了口气。

他们难得出来放松，从滑雪场回来后，又去附近的 KTV 唱歌。

平时这些社畜们在办公室里坐一天就喊累，这会儿又精神抖擞了，还嚷嚷着要嗨一个通宵。

几十个人订了豪华大包间，胆子大的人在群里叫周然一起过来玩。

老板说自己抽不开身，但会买今晚的单。

他们又一次齐刷刷地在群里说"老板万岁"。

年轻的男生女生凑在一起，光喝酒唱歌肯定不行。

有人拿了空酒瓶，招呼大家围成圈坐好，要玩"真心话大冒险"。

不知道是不是这个酒瓶成了精，瓶口老是指向齐全，正合许多人的心意。

小学时出丑的事都快被扒光了，齐全不愿再选"真心话"，这次选了"大冒险"。

主持人让他去抽一张卡。齐全拿出了一张卡，看完卡片上的内容后扶着额头闭上眼睛。

他的反应勾起了众人的好奇心。他们问："什么呀什么呀？"

主持人提高声音，读出上面的文字："选择在场的一位异性，公主抱并做十个深蹲！"

起哄声轰然炸开，他们一边尖叫一边鼓掌，都在看热闹，不嫌事大。

对齐全有好感的女孩子们屏息凝神，捋着头发，眼珠滴溜儿转着。

不知谁喊了一声："选我！"

大家又是一阵哄堂大笑。

齐全站在那儿，脸都红了。他左看右看，为难地在众人中间搜寻对象。

和他对视时，岑蔚正在愉快地喝酒，就等着看热闹。

他一直盯着她，仿佛在用眼神询问她。岑蔚慌了，指着自己问："你要选我呀？"

齐全朝她走过来，笑着说："姐，帮帮忙。"

岑蔚摆摆手："我有男朋友哇。"

其他人觉得反正岑蔚也不在竞争之列，不如就让她去。齐全没选自己是小事，但他们也不想看齐全选了别的女孩。

彭皓怂恿她："哎哟，没事，反正姐夫又不在！"

姐夫确实不在，但姐夫通过被发到公司群里的视频把事情的全过程看得一清二楚。

听到房门"嘀嘀"地响，周然把手机熄屏，扔到枕头边，拉过被子裹住自己。

白天时他找到机会，也给了岑蔚一张自己的房卡。

某人喝得醉醺醺的，语气轻快地喊："周然？"

周然没动弹，也不理她。

岑蔚扑到床上："你睡着了？"

"嗯。"

岑蔚凑过去，压在他的身上："那你现在在说梦话吗？"

周然无奈地睁开眼睛，一脸幽怨地看着她。

"我让你玩得开心，不是让你玩得把男朋友都忘了。"

岑蔚朝他甜甜地笑了笑。他果然还是看到那些视频了。

周然现在不想看见她这么笑，从被子里伸出手捏住她的脸颊："你被他抱起来的时候笑得跟朵花似的，知道吗？"

岑蔚挣脱了他的手腕，揉了揉自己的脸："真的吗？我已经很努力地克制自己了。"

周然提起一口气。

岑蔚噘起嘴去亲他，被周然按着脸推开。

"齐全马上就会因为左脚踏进公司被开除，对吧？"她问。

这句话把周然逗笑了："我倒是想那样做。"

岑蔚沉下脸，问："那你怎么不把我也一起开除了？"

周然移开目光，叹了口气："要不咱们向大家公开关系得了。"

岑蔚果断地拒绝："不行。"

她坐起身，用严肃的语气说："我只想做这家公司的岑总监，不想当什么总裁夫人。"

"知道了。"周然也就是随口一说。

摸到她的手冰凉冰凉的，周然用被子裹住岑蔚，把她抱到怀里："要不这样，你努力工作，升到总裁，然后我辞职当总裁夫人。"

岑蔚忍俊不禁，拿出手机，说："你再说一遍，我要录下来。"

"你为什么要录下来？"

"留着它，我以后用它威胁你。"

"威胁我还用得上那些东西吗?"周然帮她拉开外套的拉链,"你一个人就够了。"

岑蔚抓住他的手腕,明知故问:"干吗?"

"睡觉。"

"我就是上来看看你,今天你自己睡吧。"

周然抱住她的腰,把脑袋靠在她的身上,撒娇似的"哼"了一声,不想让她走。

岑蔚笑盈盈地戳戳他的胳膊:"你多大了呀?"

周然顺势躺到她的腿上,闭上眼睛说:"你再陪我一会儿。"

岑蔚替他揉着太阳穴。今天他们是来团建、出来玩的,周然却是来出差的,眉宇间尽显疲态。

"工作还顺利吗?"

"不太好。"周然叹了口气,"纪清桓想争独家代理权,但看人家那种态度,最后能谈下一个联名纪念品都不错了,说到底心橙还是没什么优势。"

岑蔚点点头,对他说:"辛苦了。"

周然抬起眼皮,安静地看着她。

被他目不转睛地盯着,岑蔚觉得有些不自在,笑了笑,说:"你干吗一直看着我?"

周然收回目光,说:"没什么。"

以前,他一个人闷头咬牙也这么过来了,没觉得有什么,今天突然听到一句"辛苦了",身体还是累的,但心里的疲惫都被轻轻地拂去了。

"滑雪好玩吗?"周然问。

"好玩。"岑蔚说完又改口,"不好玩,你不在,一切都变得索然无味了。"

周然"哼"了一声,说:"嘴这么甜哪?"

岑蔚加重语气说:"我说真的!"

"知道了,下次咱们再一起来。"

周然刚回来时就洗漱过了,没过一会儿就开始打哈欠。岑蔚看着他睡着后才离开房间。

他们返程的航班会在第二天的下午起飞。有人清早组团去逛了当地正宗的早市。

岑蔚就没那么有精神了。昨天玩了一天,她酣睡了一觉,睡到快中午才醒。

周然八点多的时候给她发了消息,问她醒没醒。

岑蔚回复了一句"刚醒",起床洗漱。

周然收到回复,打来一个电话。

"喂。"岑蔚把手机放到耳边,嘴里含着牙膏的泡沫。

周然问:"你中午想吃什么饭?"

她含混不清地说了几个字。周然没听清楚,问:"什么瓜?"

岑蔚漱干净嘴里的泡沫,重新说:"拔丝地瓜啦!"

周然"哦"了一声,说:"知道了。"

没过一会儿,门铃声响起,岑蔚正在化妆,刚打好粉底。

她起身去开门。周然站在门外,手里提着打包袋。

岑蔚惊讶地说道:"你买得这么快?"

"问你的时候我就在店里了。"周然把餐盒拿出来放到桌上。

岑蔚飞快地给自己涂上腮红:"我马上好。"

周然夹了一块拔丝地瓜,喂给她吃:"这个要趁热吃。"

甜蜜的糖丝包裹着外酥里糯的地瓜,岑蔚的眼睛一亮。她点点头,评价:"好吃!"

老板打包拔丝地瓜的时候就叮嘱过周然,这道菜要先吃。

岑蔚认真地化着眼妆,周然用一只手握着筷子,用另一只手捧着餐盒,时不时地喂她一块拔丝地瓜。

"我怎么感觉你好像在喂粥粥呢?"岑蔚说。

周然勾起嘴角笑了笑。

桌上还有几种当地的特色菜,岑蔚指着其中的一份菜,问:"这是锅包肉吗?"

"嗯。"周然抓住机会,试探着开口,"你要不要尝尝?"

岑蔚摇摇头,把筷子伸向了旁边的地三鲜。

周然放轻语气,哄她说:"我们可以先试试。"

岑蔚抬眸看向他,扯了扯嘴角:"其实,我不是不想吃肉,也不是不能吃肉,是……不允许自己吃肉了。"

周然蹙起眉。

"我有时候觉得奶奶说的话也没错,那件事又不是一命换一命,没有什么事比活着更重要吧,我的那些纠结算什么呢?你们都对我说那件事不是我的错,但我觉得就是我自己不懂事,没有把那件事处理好,对不起他,对不起你,也对不起我自己。所以我不吃肉,就当是赎罪吧。"

周然放下筷子,牵住她的手,沉声说:"岑蔚,你要是真想赎罪,就更应该好好地生活,健健康康的,不该用这种办法来惩罚自己。"

鼻子发酸,岑蔚眨眨眼睛,声音低了下去。她说:"他也这么说。"

"他在留给我的信里说不怪我,说他这辈子没法补偿我了,说让我只要幸福就好了。"岑蔚勾起嘴角,红着眼眶说,"要死的人劝别人好好地活下去,这算什么?"

周然站起身,把她抱到怀里,揉了揉她的脑袋。

他的怀抱永远宽大温暖。岑蔚安心地依偎着他,像倦鸟归了巢。

"我不知道该怎么帮你。"周然坦白他的无措。

"你不用帮我。"岑蔚说,"没关系,我现在不也过得好好的吗?"

"我当然希望你能过得更好一点儿。"

岑蔚抬起头,用胳膊搂住他的腰。

他眼里的那些情绪被她看见了,炽热而真挚,烫得她的心尖都在发颤。

"那我尝一小口肉?"怎么说这也是当地的特色菜,她回去了就吃不到它了。她劝说着自己。

周然笑着点头:"行。"

锅包肉有些凉了,但味道不错,酸酸甜甜的,正合岑蔚的口味。

周然问:"好吃吗?"

"还行。"岑蔚太久没碰荤腥,嚼到白肉的时候还是觉得腻。她忍住反胃感,把肉咽了下去。

周然把剩下的肉放到她的碗里:"今天你就先吃这一块肉,咱们回去之后,我往粥里加点儿肉末你再试试。"

岑蔚点头,乖巧地答应。

吃过午饭,她问要不要出去转转。但周然看上去兴致不高。

听见他打了一个哈欠,岑蔚问:"你昨天晚上没睡好吗?今天你一早就醒了。"

"嗯。"周然脱了外套,掀开被子躺到床上,"半夜我迷迷糊糊地想去抱你,忘了你不在,摸空了,把我自己吓醒了。"

岑蔚弯唇笑起来,爬到他的身边,也钻进被窝里:"我还以为你认床呢。"

周然伸开双臂,岑蔚靠过去。两个人都觉得这个姿势最舒服。

"准确地说,我是认你。"

岑蔚在他的下巴上亲了一下:"睡吧,到时间了我叫你。"

"嗯。"周然闭上眼睛，舒服地叹了口气。

岑蔚一个小时前才刚睡醒，这会儿没有困意，躺在他的身边刷手机。

彭皓一早没看见她，在群里问她去哪里了。

岑蔚：我喝多了酒，头疼，在房间里睡觉呢。

有同事说她那里有药，可以把药给岑蔚送过来。

岑蔚：没事，我再睡一会儿就行，不严重！

苏晚忆突然问大家有没有看到老板，说自己找不到他。

同事们有的说没看到周然，有的说好像在电梯里遇到他了，但不知道他去哪里了。

周然睡得正熟。岑蔚怕苏晚忆找周然有要紧的事，又不能直接向苏晚忆打听有什么事。

她小心翼翼地伸长手臂，拿过周然放在枕边的手机。

他没设密码。岑蔚解锁屏幕后点开微信。苏晚忆五分钟前问他在哪儿。

岑蔚斟酌了一下语气，打字。

周然：有什么事吗？

苏晚忆很快就回复了。

苏晚忆：张总约您今晚再一起吃顿饭，您看我需要帮您改签航班吗？

岑蔚看了看周然，思忖后替他回复消息。

周然：好的，我知道了。

退出和苏晚忆的聊天框后，她无意中瞥了一眼消息列表，才知道周然一直给她备注的是"岑总监"。

岑蔚看着那冷冰冰的三个字，觉得纳闷儿又有些生气，哪里有给女朋友备注这种名字的男朋友？

没等她叫醒他，周然睡了一会儿就自己醒了，睡眼惺忪地问：

"几点了?"

岑蔚回答:"一点半。"

周然举起胳膊伸懒腰:"起来收拾东西吧。"

"小苏刚刚发消息给你,说张总约你今天晚上一起吃饭,问你要不要改签机票。我帮你回复了。"

"哦。"周然拿起手机。

岑蔚抱着手臂看着他,脸上的表情里透着不爽的意味。

周然察觉到气氛不对劲,抬眸瞥她一眼,问:"怎么了?"

"你为什么给我备注'岑总监'?"

周然没觉得这个备注有什么不对,问:"你不是岑总监吗?"

岑蔚反问:"我只是岑总监吗?"

周然动了动嘴唇:"那你……那你不是也只给我备注了'老板'吗?"

岑蔚眨眨眼睛,一下子被问住了,咄咄逼人的嚣张气焰瞬间熄灭。

也是……

她撇撇嘴,拿出自己的手机,点开他的微信名片,重新修改备注。

"现在可以了吧?"岑蔚把手机屏幕举到周然的面前。

他垂眸,自己的微信头像旁边赫然写着五个黑体字——"老板兼老公"。

她还从来没当面喊过这个称呼。周然虽然没在面上表露出什么情绪,但心里已经爽翻了天。

"行。"他点点头,也点开岑蔚的微信,改了一个对仗的新名字——"总监兼老婆"。

"你满意了吧?"

岑蔚噘着嘴,"哼"了一声。

今时不同往日,她现在越来越会使小性子了。

周然捏了捏她的脸颊,问:"你是先回家,还是等我一起走?"

岑蔚说:"我早就改好航班了。"

周然心满意足地笑了,在她的脸上亲了一口。

"那你准备怎么和同事们解释?"

"我说周总道德沦丧,让我留下加班。"

周然觉得好笑,说:"公关部有那么多人,我不叫他们加班,偏偏要留你加班哪?"

"嗯,谁知道你是怎么想的呢?可能你是想趁职务之便图谋不轨吧。"

周然故作严肃地威胁她:"我在公司里的名声要是败坏了,我就找你算账。"

岑蔚笑嘻嘻地说:"那正好你卷铺盖走人,我上位做老板。"

"上位做老板?"周然轻蔑地笑了一声,说,"不太可能,你上位被老板做倒是可以试试。"

"周然!"岑蔚气急败坏,用枕头砸他。

"反正你不急着走了。"周然用一只手接住枕头,伸过另一只手抓住岑蔚的手腕,朝她逼近。

岑蔚瞪大眼睛,警惕地看着他:"干吗?"

周然刚睡醒一觉,现在精神得很,说:"你都把脏水泼到我的身上了,我不得坐实一下图谋不轨的罪名?"

岑蔚翻身想跑,被他一把拽回来。他把她压到身下。

"你想不想去滑雪?"她试图岔开话题。

周然摇头:"不想。"

岑蔚据理力争:"来都来了,你都没体验过滑雪。"

他语气轻佻地说道:"滑雪哪里有你好玩?"

岑蔚抬脚踹他，被他抓住脚腕。

"哞——"

"我都说了，让你报个瑜伽班。"

岑蔚咬着牙瞪他："人家练瑜伽都是为了修身养性，我去练瑜伽是为了你？"

周然眯起眼，对她的用词很不满，说："我都是以你的感受为主的。"

某人不仅坐实了罪名，还变本加厉，顺便把昨天岑蔚被齐全抱着做深蹲的债一起讨了回来。

晚上周然还有应酬，在快五点的时候准备出门。岑蔚躺在床上，运动完又犯起困来。

"要不要给你点一份外卖？你吃了饭再睡觉。"周然穿上外套，坐回床边整理着领口。

岑蔚摇摇头："我不饿。"

"那你先睡觉吧。"周然替她盖好被子。

"哎。"她半睁着眼睛叫住他，"你少喝点儿酒呀。"

"知道了。"周然俯身亲在她的额头上，摸了摸她的脸颊，"睡吧。"

岑蔚又闭上眼睛："拜拜。"

周然觉得她这副模样挺可爱，笑了一声说："拜拜。"

岑蔚一直从黄昏时分睡到天黑之后。她没吃多少午饭，醒来时觉得胃不太舒服。

屋子里漆黑一片，她摸到手机看时间。现在都快九点了，周然像是还没结束饭局。

岑蔚点开他的聊天框，想问问他什么时候回来。

过了一会儿，周然回复了她。

周然：快了。

岑蔚：你没喝醉吧？

周然：还行。

看他只两个字两个字地说话，岑蔚皱眉，放心不下他，给他打了一通电话。

他接电话倒是挺快："喂。"

"你喝多了？"

"没有。"

听他说话的语气和状态都算正常，岑蔚问："你们还没吃完饭吗？"

"饭是吃完了。"周然没说下去，但岑蔚感觉到他的无奈和疲惫了。

她小声说："你早点儿回来。"

"好，你吃饭了吗？"

"还没，我点一份粥吧，胃有点儿疼。"

周然紧张起来，问："你怎么胃疼了？"

"我白天没吃什么东西嘛，没事。"

挂电话之前，周然说："我马上回来。"

岑蔚拿到外卖，坐下来，还没喝几口粥，门口就传来动静。

"你回来了？"

他一进门就问："你还胃疼吗？我买了药。"

岑蔚朝他笑了笑，坦白："其实，我没有那么不舒服，就是想让你早点儿回来。"

周然松了一口气，说："就算没有那么不舒服，你也应该告诉我。"

他的身上带着一股浓烈的烟草味。怕岑蔚误会，他解释："我没抽烟，是别人抽的烟。"

"我知道。"岑蔚接过他脱下的外套，挂在衣架上，"你先去洗澡吧。"

下午的时候他把自己的行李拿了下来,也把楼上的套房退了。

岑蔚问他为什么不退她的这间房,周然给的说法是他对楼上那张床有阴影了。但岑蔚觉得他就是想省钱。

洗完澡出来,周然擦着头发,坐到她的旁边:"给我喝一口粥。"

他说着就凑过来,张开嘴。岑蔚舀了一勺粥喂给他喝,问:"你晚饭没吃饱吗?"

"我没吃下饭。"周然叹了口气,"那个张总今天不光喊了我们这一家公司。我去了才知道他就是想看看谁更会装孙子。"

"啊?"

周然想起晚上的事就来气,说:"我坐到一半就想走人了。他这是在玩我呢?"

岑蔚把粥递给周然,让他先喝粥。

"其实我想了一下,咱们也没必要非得搞这个联名啊。到时候我们就出冰雪运动系列的产品,反正大家都在蹭这个热度,谁管得了?心橙也可以找一些有潜力的运动员做代言人,毕竟是新牌子,也不是走国民路线的。你也说了,咱们没竞争优势,咱们用不着非得争这个机会。"

她说完这番话,周然看着她,只笑不语。

岑蔚不好意思起来,问:"我说的话不对吗?"

周然摇摇头:"特别对。"

"那你笑什么?"

周然咳嗽了一声,开口说:"我就是觉得,比起以前,你现在对心橙的感情不太一样了。"

岑蔚想了想。她自己并未意识到这种变化。周然的意思应该是她终于把心橙也视作自己的一部分了。

"这种和你并肩作战的感觉还不赖。"

周然挑眉,伸出拳头。

岑蔚也攥起拳头轻碰上去。

"你喝完粥了吗?给我留点儿粥。"

"给你给你。"周然把打包盒还给她。

"怎么会有人出去吃香的喝辣的,回来还抢我的夜宵吃呢?"

"那下次换你出去吃香的喝辣的,岑总?"

岑蔚应了一声,翘起嘴角:"你再喊两声'岑总'让我听听,让我过过瘾。"

周然才不那样喊她,不能让她太得意。

吉城没有机场,他们来的时候是坐公司包的大巴车来的。第二天早上他们得先坐高铁去附近的城市,再坐飞机回山城。

苏晚忆已经叫好了车,在酒店的大堂里等他们下来。她看到周然后喊了一声"老板",又朝岑蔚微笑着点了一下头。

走到出租车旁,周然让她们俩先上车,然后把行李箱搬进后备厢里。

岑蔚犹豫了一下,还是忍不住好奇地开口问:"小苏哇,你是知道我和周总……"

苏晚忆点点头:"知道哇。"

"是他告诉你的吗?"

"也不算吧,我自己猜出来了。老板其实也没藏着掖着。"

岑蔚有些惊讶,还一直以为自己把这件事瞒得很好。她以为自己从周然的办公室进进出出那么多次,苏晚忆都没起疑,原来人家一直都知道他们的事。

"而且你们俩挺明显的。"苏晚忆说。

岑蔚瞪大眼睛:"真的吗?哪里明显?"

"你们俩身上的味道很像。"

"香水味？"

苏晚忆摇摇头："也不是，反正很像。"

岑蔚被她这么一提醒才意识到。他们同吃同住，用的是同一瓶洗衣液和洗发水，身上的气味像也是难免的。

周然拉开副驾驶的车门坐了上来，这个话题就此打住。

路上，周然对苏晚忆交代了几句工作上的事。岑蔚坐在一旁没说话。

高铁上，三个人的座位在同一排。周然让她们两个女孩坐在一起，自己去了另一边，旁边是一个男乘客。

苏晚忆压低声音，凑到岑蔚的耳边说："我一直都想告诉你一件事。"

"什么？"

"我被调过来之前，和老板的前秘书做交接工作，雨樱姐告诉我他有时候阴晴不定的。而且他不会按时吃饭，哪怕你中午记得给他买饭，他也不会记得吃。但我来了之后觉得他挺好说话的呀。他每天也按时吃饭，还一次让我点两份饭。我当时就觉得他肯定是有对象了，你又经常在饭点去找他。"

岑蔚扯出一个笑容，有些心神不定。

她问苏晚忆："没有其他人知道这件事吧？"

苏晚忆摇摇头："我不会跟别人说你们的事的，你放心，我知道你们俩想低调。"

岑蔚放下心来，朝她笑了笑。

苏晚忆又说："谢谢你。"

岑蔚不解地问："谢我什么？"

"你把他教好了呀，不然我上班会痛苦很多的。"

岑蔚"扑哧"一声笑了，大大方方地回答："不客气。"

山城近日气温飙升，才五月初就有了夏天的迹象。

岑蔚这两天在吉城穿得厚，回到家里换上了T恤和短裤，才发现自己的胳膊上和腿上都青一块紫一块的。

这些瘀青估计都是她那天在雪地里磕碰出来的，斑斑点点地布满白皙的皮肤，显得有些吓人。

她没把这件事放在心上。周然却很担心，一再询问她那天有没有撞到哪儿或摔到哪儿，怕她伤到骨头。

"没事，本来女人的皮肤就薄，身上容易有瘀青。"

"晚上散步的时候，你提醒我去药店里买点儿活血化瘀的药膏。"

"哦。"

粥粥被送回岑蔚的爸妈家了。周然的妈妈这两天也来过他们家，替他们收拾了屋子。

岑蔚打开冰箱门，里面被瓜果和蔬菜塞得满满当当。她看到侧面的架子上有两瓶用玻璃瓶装着的饮料，把其中一瓶饮料拿出来，问周然："这是什么呀？牛奶吗？"

周然回头看了一眼，伸手拦住她："这个你不能喝，是杏仁核桃露。"

"是你妈妈自己做的吗？"岑蔚把饮料放回去，记得之前自己还在岑悦彤家里误喝过杏仁核桃露。

周然回答："嗯，上学的时候我爱喝可乐，她说可乐不健康，就做这个给我喝，让我多补补脑。"

岑蔚"哦"了一声，刚要关上冰箱门，又猛地想起什么事，重新拿出那瓶杏仁核桃露。

"周然。"

"嗯？"

岑蔚举着饮料，面对着他问："以前我上高中的时候，有人天天往我家门口的牛奶箱里放吃的东西，那个人是你吗？"

周然沉默两秒,摇头否认:"不是呀。"

岑蔚笃定地说道:"就是你。"

"好吧,是我。"

这是一个意想不到的答案,岑蔚又好奇又疑惑,问:"为什么呀?你知道我对杏仁过敏,想毒死我?"

周然简直想翻白眼,说:"我哪里知道你对杏仁过敏?那次我快被你吓死了。"

他当时送了好多她见都没见过的进口零食。

岑蔚更想不通了,问:"那你为什么给我送东西?你该不会是暗恋我吧?"

"我……"周然清清嗓子,说,"我不是告诉过你吗?我以为你那时候在家里受欺负,以为你每天早饭都吃不好。反正你家离学校近,我每天上学时都能经过你家,就顺路把零食放过去。"

岑蔚撇撇嘴,心情有些复杂。她小声嘟囔:"怎么听起来你像是在喂路边的流浪猫哇?"

周然挑眉:"感觉还真差不多。"

岑蔚问:"你是在可怜我吗?"

周然看着她,摇摇头。

"我就是心疼你。"

第十六章
扉页信纸

他总是用最平常的语气说出这些话。岑蔚又不知道该怎么回答。

她从来没想过送她零食的人会是周然。

怎么会是周然?

岑蔚把饮料放回冰箱里,心里有许多疑问,开口时却说了一个无关紧要的话题:"你那时候为什么有那么多好吃的零食呀?而且都是进口的。"

"我小姑那时候谈了一个男朋友,零食是他送的。小姑就全把它们给我和妹妹了。"

"哦。"岑蔚笑了一下,说,"结果,后来零食全让我吃了。"

周然在收拾行李箱。岑蔚靠在沙发上,看着他在家里忙碌。

之前和董依纯聊天的时候,她就发现自己以前可能误解周然了。

一个十六岁的男孩能看透她多少？

讨厌她敏感懦弱、讨厌她总是察言观色和没有主见的，也许都是她自己。

她因为怕被人讨厌，所以也不敢讨厌别人，把自己逼成了完美无缺的样子。她就像被套在了一层玻璃里，表面光滑洁净，但里面是空的。

她是不是把周然当作假想敌了，把他当成了一个发泄口？

时间过去了太久，记忆变得模糊，她也忘了当时的心境。

"帮我把手机拿过来。"周然对她说。

岑蔚回过神，应了一声，拿起茶几上的手机递给周然。

她问："你晚饭想吃什么？"

"都行。"

岑蔚提议："我请你去吃日料吧？"

周然抬眸："冰箱里还有那么多菜呢。"

岑蔚"啧"了一声，说："你就说吃不吃日料吧。"

"好吧。"周然指着她，"你刚才说你请客。"

岑蔚笑了，用力地点头："我请客。"

第二天岑蔚要去接粥粥。顾可芳干脆把岑悦彤和祝樾也都喊回家吃饭，一家人正式地见一次面。

天气热，周然从衣柜里找了一件T恤穿上，T恤是薄荷绿的颜色。很少见他穿颜色这么鲜艳的衣服，岑蔚觉得新鲜，忍不住多看了他两眼。

她问："哎，这是我在智颖店里买的那件衣服吗？"

"嗯，我一直没怎么穿过它。"

岑蔚记得这件衣服还是情侣装，当时只是随手把它给了他，没想到后来他还真成她的男朋友了。

"但我不知道我的那件衣服去哪里了。"

周然说:"你可千万别去换你的那件衣服。"

岑蔚听了这句话,不乐意了,问:"为什么?穿情侣装出去很丢人吗?"

周然反问她:"不丢人吗?而且大家都会回头看你。"

"哦。"

到了家门口,岑蔚按下门铃,听到屋里响起一声狗叫声。

"来了!"岑悦彤的声音传来。

门被打开后,岑蔚看了她一眼,瞪大眼睛,指着岑悦彤身上的浅紫色T恤说:"这件衣服原来是被你拿过去了呀。"

岑悦彤啃着油桃,低头看看自己:"这是你的吗?它一直都在我那里呀。"

估计是顾可芳收拾衣服的时候把它放错位置了。岑蔚挠了挠脖子,有些不敢想象接下来会发生的场景。

身后响起脚步声,周然停好车,抱着一箱水果上来了。

岑悦彤看到他的那一刻,瞳孔地震,呼吸停滞。

周然也吓了一跳,"呃"了一声,又不知道该说些什么话。

空气凝固了,他们俩尴尬地大眼瞪小眼。岑蔚抬手捂住下半张脸,压住嘴角,怕自己笑出声来。

岑悦彤赶紧拽着岑蔚去卧室:"快点儿,我跟你换衣服。"

岑蔚抽走自己的胳膊,拒绝道:"我不换,某人今天说和我穿情侣装出去很丢人。这衣服谁爱穿谁穿,反正我不穿。"

周然:"……"

岑悦彤拉不动她,"哎哟"了一声,转身喊厨房里的祝樾。

爸妈下午带奶奶去医院做检查了。老太太最近总是觉得身体不舒服。

晚饭是岑悦彤掌勺的。岑蔚来了之后给她打下手。

岑烨和顾可芳回到家里,看见两个女婿相隔很远坐在沙发上。

他们生分得像不认识彼此。

"都来啦?"顾可芳问。

祝樾喊:"爸、妈。"

周然放下怀里的小狗,也起身打招呼。

两个女儿都搬出去住了,家里难得热闹,顾可芳心里高兴,带着灿烂的笑容应了几声。

岑烨打量着他们俩,率先发现了不对劲之处。

"咦?"老丈人微微向后仰着身子,看看这个人又看看那个人,评价,"你们俩怎么……一斤花椒炒二两肉的?"

祝樾和周然没说话,都在心里把自己家的媳妇骂了千遍万遍。

听岑烨这么一说,顾可芳也注意到了他们的异常,"哎哟"了一声,跑进厨房里找两个女儿:"你们俩作什么怪呢?"

岑蔚张口就甩锅:"是姐干的,不是我。"

"明明就是你!"岑悦彤穿着祝樾的黑色T恤,还拎着菜刀,气呼呼地瞪她。

岑蔚伸手护住自己,往后退了一步:"谁让你拿我的衣服穿的?"

顾可芳叹了口气,分别拍了她们俩的背一巴掌,换来两声惨叫。

她们想了想,又觉得这件事很滑稽。不知道是谁先"扑哧"一声笑了,三个女人在厨房里笑了好半天。

吃饭的时候祝樾和周然死都不肯面对面地坐,两个人坐在桌子的同一侧,画面却变得更诡异了。

岑悦彤拿起手机要给他们俩拍一张照片,天下所有的连襟可不是感情都这么好。

祝樾和周然嫌丢人,拿胳膊挡住自己的脸。

顾可芳看一次他们俩就笑一次,说下次也给岑烨买一件这样的衣服。岑烨听了直摇头。

岑悦彤和祝樾本来要在三月举办婚礼，因为疫情，事情一直被耽搁到现在。他们好不容易重新预约好场地，最后决定在五月二十三号那天举办婚礼。

女儿快要出嫁了，他们开始吃这顿饭时说说笑笑，老两口说着说着话，又都红了眼眶。

祝樾在国外时，岑烨和顾可芳见岑悦彤到了适婚的年龄却一直没个着落，替她着急，盼着她赶紧成家。现在终于可以放下心里的大石头了，他们又开始舍不得女儿。

虽然他们和女儿住得近，平时也可以经常往来，但女儿出嫁和没出嫁到底还是不一样的。

岑烨喝多了酒，拉着祝樾嘱咐了好多话。

周然在旁边听着那些话，抬眸看了一眼对面的岑蔚。

粥粥趴在她的椅子边，想吃桌上的肉，岑蔚挑了一些碎肉喂给它吃。

算了，周然打消了心里的某个念头。现在还早，他们以后的日子还长。

婚礼前一周，岑悦彤和岑蔚都搬回家住了。祝樾和周然有时下班后会过来吃饭。

顾可芳说，等岑蔚也嫁出去，她就能彻底安心了。

岑悦彤不信，说："才不会呢，你马上又会开始催我们俩生小孩。"

"我不催，你们俩想生小孩就生小孩，不想生就不生。"

"好，这可是你说的呀。"

顾可芳瞪她一眼，又转头问岑蔚："小周有没有和你提过这件事呀？你们打算什么时候结婚？"

岑蔚吃着桃子，正在给周然发微信消息，回答："没，我们俩才谈了多久的恋爱？不着急。"

岑悦彤帮腔，说："就是呀，别结婚，结婚烦死人。"

顾可芳打她，让她少说两句。

这几个月看多了电子屏幕，岑蔚总是觉得眼睛干涩，这两天又开始戴框架眼镜。

有时候他们分开住也挺好，之前她和周然每天抬头不见低头见，都快觉得没新鲜感了。

今天他穿了一件岑蔚没见过的浅蓝色衬衫，气质一下子变得温润起来。岑蔚眼前一亮。

午休时她待在周然的办公室里，突然好奇他戴这种细框眼镜会是什么样子。

"你别动啊。"岑蔚说着，摘下自己鼻梁上的眼镜，把它架到周然的鼻梁上。

周然不近视，睁开眼只看到模糊的一片物体，顿时觉得眩晕，闭上眼睛喊："不行不行。"

岑蔚赶紧帮他取下眼镜，有些失望地说道："我还想让你变成'斯文败类'呢。"

周然眨眨眼睛，看着她，勾起唇笑："你好这一口哇？"

岑蔚不承认，说："没有，我就是好奇。"

"哦，对了，妈让你周六早点儿来搬东西。"

周然回应："知道了。"

隔天的早上，公司开例会，岑蔚坐在会议室里，撑着脑袋打哈欠。

听到旁边的同事突然倒吸一口气，岑蔚抬起头，问："怎么了？"

同事指了指门口，小声说："看周总。"

岑蔚缓缓地把目光投过去，却再也没能把目光收回来。

周然不知道从哪里弄来了一副黑色的细框眼镜，穿着灰衬衣，没打领带，把袖子往上折了两折，露出手腕上的机械表。

他一路从门口走到会议桌旁，坐在主位上，神色如常，没往旁边看一眼。

岑蔚屏住呼吸，不自觉地蜷缩起手指，用力地攥起拳头。

直到会议开始，有人站起身开始汇报工作，她也没办法克制住自己偷瞄他的动作。

岑蔚把手机拿到桌下，偷偷地给他发微信。

岑蔚：你这样做很影响我的工作效率。

几秒后，他发来了消息。

周然：你果然就是好这一口。

她不用看他都知道他这会儿肯定在偷笑。

岑蔚深吸一口气，把手机反扣在桌上，扶着额头，觉得很无奈。

到了下班时间，同事们陆陆续续地离开了格子间。

岑蔚拎着肩包，却走向和他们相反的方向，走进了走廊尽头的总裁办公室里。

周然没走，应该还有工作要处理。

"你在忙吗？"

他"嗯"了一声。

"那我不打扰你了，走了。"她作势要重新拉开门。

"站住。"周然看着她，下令道，"你过来。"

岑蔚松开门把手，把包放到沙发上，朝他走过去。

镜片折射出电脑屏幕的冷光，周然靠着椅背，微微地勾起嘴角，等着她走近。

那个笑容带着点儿胜券在握的意味，岑蔚察觉到一丝不对劲。

她走过去,瞥了一眼屏幕,上面没有邮件也没有什么文档,只有一个蜘蛛纸牌的游戏窗口。

岑蔚被气笑了,问:"你是不是就在等我呢?"

"嗯。"周然站起身,把她抱到办公桌上。

他没等岑蔚做好准备,便强势地吻了下来。

他没锁办公室的门,走廊里隐隐约约响起脚步声。岑蔚忽视不了外面的声音,却也没办法推开他。

他们已经有四五天没好好地待在一起了,平时在公司里打的照面完全不能满足他们对彼此的渴求。

一吻完毕后两个人的呼吸都发烫。周然把头埋在她的颈侧,低声求她:"你今天回家住吧,好不好?"

岑蔚没答应,但也没办法直言拒绝,只是说:"才过了几天哪?"

周然抬起头,委屈巴巴地看着她:"好多天了。"

岑蔚牵起周然的手晃了晃:"我和姐难得回去陪陪爸妈,这两天又要准备很多事情。"

"我知道。"他也就是想撒撒娇。

岑蔚推了推他鼻梁上的眼镜:"这是你从哪里弄来的?"

周然不答反问:"你喜欢吗?"

岑蔚诚实地点头。

她问:"你怎么就不近视呢?你小时候不爱看电视吗?"

"爱看哪,但我坐姿端正。我要是像你平时那样看电视,在我们家不知道要被骂多少次。"

岑蔚捶他的肩膀:"我哪样看电视了?"

周然笑着抓住她的手腕:"你自己心里没数吗?"

岑蔚气呼呼地说道:"你能不能温柔一点儿,维持一下你今天的人设?"

"我还不够温柔?"

岑蔚脸上一热,用一只手捶他,另一只手被周然一把攥住。

这下她像被铐住的犯人,束手无策,只能求饶:"好啦。"

周然问:"我怎么感觉你这两天都不想我呢?"

"咱们天天都能见面,我为什么要想你?"

周然松了手:"你什么时候能变一次'恋爱脑',给我看看?"

"我都一把岁数了。"岑蔚跳下办公桌,"妈今天做了鱼头,说你喜欢吃,走吧,回家吃饭了。"

"嗯。"周然把桌上的电脑关了,收拾东西准备下班。

同事们都走了,岑蔚也没再避嫌,挽着周然的胳膊,和他一起下了楼并走进停车场里。

坐上车后,周然问:"那你明天早上怎么去上班?"

岑蔚把车留在公司了,说:"我让我爸送我吧。"

"哦。"

岑蔚看他一眼:"或者你要来接我吗?"

他好像就在等她的这句话,立马答应:"好的。"

岑蔚笑着摇摇头:"你呀。"

天还没黑透,但阴云积聚,天气预报说今晚有强降雨。

周然把车开进小区后,雨点"噼里啪啦"地打在车窗上。

他们回到家后,岑悦彤问他们俩:"外面的雨大不大?"

"大。"周然淋了雨,岑蔚的头发也湿了。

岑悦彤拿出手机给祝樾打电话,让他下班后别忘了收衣服。

岑蔚走进厨房里洗手,把做好的饭菜端上桌。

顾可芳说:"晚上还有暴雨,要不今天小周别走了,就住在家里吧。"

还没等岑蔚开口,周然就应道:"好哇。"

岑蔚回头瞪他一眼,后者无辜地朝她眨眨眼睛。

他连犹豫都没犹豫一下。岑蔚问:"那你明天穿什么衣服上班哪?"

周然回答:"我的车里有一套西装,我一会儿下去拿。"

岑蔚皱眉,怀疑地说道:"你不会早就收拾好行李了吧?"

周然抬手戳她的额头:"西装是我前两天送去干洗店的,你在想什么呢?"

"哦。"

看她一副欲言又止的样子,周然挑眉:"你想说什么?"

"狗都没你这么黏人。"岑蔚飞快地说完话,拔腿就跑。

周然想追上去,但想到他不在自己的家里,不能拿她怎么样。

他瞪了岑蔚一眼,眼神里写着四个字:给我等着。

吃过晚饭,由于周然个子高,被顾可芳叫过去往家里的窗户上贴"囍"字。

岑悦彤和岑蔚坐在客厅里包喜糖。姐妹俩在商量接亲那天怎么玩拦门的游戏,唯恐难不倒新郎团,一个接一个地想鬼点子。

"让他们穿针线怎么样?"岑蔚提议。

"不行不行,老白在呢,这不是送分题吗?"

"是。"他们都是医生,这种精细的活儿对他们来说还真是小儿科。

"猜唇印?"

"这个好,祝樾那个笨蛋肯定认不出来唇印。"

在"快问快答"的环节里,岑悦彤出的题目更是一道比一道难,比如用十种语言说出我爱你、第一次约会时吃了什么菜、在一起的那天是周几。

她们又在商量要把婚鞋藏在哪儿,连把它塞进粥粥的小窝里这种主意都想出来了。

周然听着她们的话，在心里默默地替连襟捏了一把汗。

岑烨和顾可芳睡得早，洗漱完就进屋休息了。

岑蔚把自己的房间让给周然，今晚要去和岑悦彤一起睡觉。

周然一开始没说什么话。岑蔚洗完澡来和他说"晚安"时，被他一把拽进房间里。他关上了门。

"你干吗？"

周然故作严肃地批评她："你都多大的人了，还要和姐姐一起睡？"

岑蔚笑了，反问他："那你又是多大的人了呀？"

家里没有周然能穿的睡衣，他现在穿着岑蔚的超大尺寸T恤和岑烨的五分大爷裤衩。

岑蔚挣扎了一下："你松开我。"

周然没动弹。

"你不松开我，要在这儿站到天亮啊？"

周然挑了挑眉，放松了力道。

岑蔚掀开被子，爬上床。

周然勾起唇，把卧室里的灯关了，走到床的另一边。

他刚躺好，岑蔚就侧身靠过来。

她刚洗过澡，身上带着一股馥郁的甜香味。周然下意识地屏住呼吸。

双人床那么大，两个人却非得缠在一起。

岑蔚把头埋在他的怀里，用脑袋抵着他的下巴。她抬起头，不知道嘴唇碰到哪里了。周然整个人瑟缩了一下。

她的嘴唇好像碰到了他的喉结，岑蔚咬住下唇。

屋里光线昏暗，几缕微弱的月光透过窗帘的缝隙照进来。

彼此的呼吸声清晰可闻，一起一伏，交错在一块。

"那时候我几乎不出门，就躺在这里睡觉，不知道外面下了多少场雨,也不知道外面什么时候晴天,每天都浑浑噩噩的。"她轻声告诉他,"我觉得自己很糟糕,有时候会侧躺着,把身体缩成一团,然后想象有一个人抱住我。"

岑蔚说:"就像现在这样。"

周然把手掌放到她的后背上,轻轻地拍了拍她,更用力地揽紧她,说:"所以,那时候你让我不要用什么林中小屋做头像了,是吗?"

岑蔚点点头:"我觉得,也许人可以放弃所有不必要的社交,但你一定要去找一个爱人。"

他的气息十分温热,唇瓣温柔地落在她的额头上。他说:"所以,我来找你了。"

这一刻岑蔚想哭又想笑,心里涌起一种踏实而充盈的愉悦感,也许这种感觉可以叫作"幸福"。

话语变得多余,他们找到对方的唇,用吻来表达此刻翻涌的情绪。

正值初夏时节,夜晚本来很凉爽,他们俩却都出了细汗。

"房子的隔音效果怎么样?"周然贴在她的耳边问。

"不知道。"岑蔚说着心脏狂跳。

他们确实好几天没有贴在一起了,一个人比平时更卖力,另一个人比平时更敏感。

窗外大雨倾盆,风呼啸而过。

…………

雨声小了不少,雨"淅淅沥沥"地滴在窗台上。

两个人折腾了许久才安然入眠。

第二天岑蔚起床时,身边的床是空的。

她换好衣服,打开卧室的门,看见周然正穿戴整齐地坐在餐桌边吃早饭。

听到动静，他抬起头，笑着和她说了一声："早。"

顾可芳催促道："快去洗脸刷牙。"

她不忘把岑蔚跟准女婿比较："你看看周然，人家一早就起来了，也帮我把狗喂好了。"

岑蔚刷着牙，偷偷地翻了一个白眼。她起不来床，怪谁？

下了两天的雨，周六终于晴天了，连老天都在祝福新人婚姻美满。

周然一早就来到了岑蔚的家里，和岑烨一起忙碌。

有亲戚看他面生，问顾可芳他是谁。

顾可芳笑眯眯地回答："儿子。"

这下他们都懂了，什么"儿子"？他肯定是家里的小女婿。

九点多的时候楼下响起礼炮声，有人通风报信，喊新郎来接亲了。

伴娘们站成一排，拦在门口，伸手要红包。

她们要多少红包，祝樾就给多少红包。看他的态度还不错，伴娘们让他进屋了，但考验才刚刚开始。

岑蔚拿着印满唇印的卡片，让祝樾猜哪个唇印是岑悦彤留下的。

这可不好认，为了不让他们作弊，岑蔚还特地让姐妹们统一了口红的色号，那些唇印根本没什么差别。

祝樾拿到卡片，装模作样地看了看，随手一指其中的一个唇印，胸有成竹地说道："这个。"

岑蔚瞪大眼睛，难以置信宣布："对了。"

屋里响起一片欢呼声，掌声如雷。

岑悦彤自己都不敢相信他居然认出了她的唇印，一时心情复杂。她既因为看不到男人们出丑而感到失落，又因为祝樾能一眼认出她的唇印而感到欣慰。

她问:"你是怎么做到的?"

祝樾看着他漂亮的新娘,回答:"因为我爱你呀。"

大家齐声喊"肉麻死了"。

到了"快问快答"的环节,祝樾对每个问题都对答如流,答得跟标准答案一字不差。

岑蔚问到后面几道题时都不自信了,怀疑是不是她们把问题设置得太简单了。

好几道题都是岑悦彤翻了很久以前的朋友圈才找到答案的,谁能想到祝樾把那些事记得这么清楚?

她们准备好的惩罚游戏一个都没派上用场。他们找了一圈,很快就找到了婚鞋。

一切顺利得不可思议,作为伴娘的岑蔚产生了深深的挫败感。

把新娘抱走前,祝樾往某个方向使了一个眼色,右手握拳在左胸口上虚捶了两下。

岑蔚朝那个方向转过头,看到了周然,隐隐约约察觉到了什么事。

她打量着男友,抱着双手"哼"了一声:"原来叛徒在这里呀。"

周然装傻,问:"什么叛徒?"

岑蔚气不打一处来,问:"祝樾给你什么好处了?"

周然伸手把她抱在怀里,讨好地笑了笑:"你别生气呀,真的是姐夫厉害。"

"他怎么可能连续点是多少都知道?连岑悦彤都是后来才查的绩点。"

周然按着岑蔚的肩膀让她转过身,推着她向前走:"走啦走啦,去酒店了。"

宴客厅被纯白色的花和墨绿色的叶子装扮成了油画世界里的后花园，色彩浓郁。

新郎在舞台上念着准备好的信。他握着话筒的手因为紧张而发颤："我们俩是在公交车上见的第一次面，她在我的旁边哼唱'小兔子乖乖，把肚子剖开'。我回头看了她一眼，她也看了我一眼。我当时就想，千万别惹这样的女孩子。然后，司机师傅一个急刹车，我们俩撞在了一起。她的头发缠在我书包的挂件上。她死活解不开头发，我们俩就这么认识了。"

宾客们对这样奇妙的相遇忍俊不禁，只有台上的两个人笑着，悄悄地红了眼眶。

"说实话，岑悦彤是我见过的最无理取闹、最阴晴不定、话最多最吵的人。但也是我见过的最美好、最善良、最温暖、最有趣的人。她说她每天最大的乐趣就是一边工作一边逗猫逗狗，那我每天最大的乐趣就是下班回来逗逗她。"

他深吸一口气，缓了缓，看着她说："真的，真的谢谢你愿意成为我的妻子。"

听到这句话时，岑蔚站在舞台的一侧，用手捂住脸，一瞬间眼泪盈满眼眶。

周然听见她在吸鼻子，伸手把她搂进怀里，拍了拍她的胳膊。

她亲眼见证了一场盛大而浪漫的婚礼，在这种氛围里很难不动容。

别说岑蔚，他的鼻子都有些酸。

仪式结束后，新娘就要抛出象征着传递幸福的捧花。

"我去啦。"岑蔚把手机递给周然。

她还穿着高跟鞋。周然叮嘱她："你小心点儿呀。"

未婚的女孩们都围到舞台前，脸上洋溢着灿烂的笑容，打闹似的推搡,气氛十分热闹。

"准备好了吗?"岑悦彤在舞台上喊。

女孩们异口同声地回答:"好啦!"

全场宾客的目光都聚集到小小的花束上。他们看着它被抛高,然后稳稳地落到某个年轻女孩的怀中。

她举着捧花,不可思议地张大嘴,喊:"可我刚失恋哪!花怎么落到我这里来了?"

旁边的女孩们欢呼鼓掌,对她说:"证明你马上就有新的帅哥啦!"

"对对,你的福气在后头!"

岑蔚小跑着回到周然的身边,接过自己的手机。

周然看了看她,开口说:"我还以为姐会直接把花递到你的手里呢。"

岑蔚不以为然地说:"哪里有人会那样做?"

周然扯出一个笑容,抬眸时很快放平了嘴角。

岑蔚刚刚好像只是过去充数,站在最外面,捧花被抛过来的时候也没有伸手去接。

她不想要捧花吗?

她是不想要捧花,还是不想结婚?

岑蔚说:"我好饿呀,有没有东西吃?"

周然停止胡思乱想,牵着她走向自己坐的那一桌,让她先吃点儿菜。

岑蔚是伴娘,很快就得跟着新郎和新娘去挨桌敬酒。祝樾和白朗睿都不怎么能喝酒,最后还得靠新娘和伴娘镇住场面。

他们从早上忙到现在,宴席结束后,摄影师来喊他们拍一张大合照。

双方父母、新郎和新娘站在最中间。白朗睿原本和岑蔚站在一起,在摄影师开始拍照前他突然往旁边让了一步,伸手拍了拍周然,示意他站过去。

两个男人今天打了一个照面,都知道了彼此的身份,但还没有机会说话。

他们相视一笑,互相点了一下头。

岑蔚在帮岑悦彤整理头饰,并不知道此刻发生的小插曲。她一回头,发现周然站在她的身边,笑着挽住他的胳膊,两个人亲昵地挨在一起。

摄影师倒数着"三、二、一",按下快门后闪光灯亮起,这圆满幸福的一幕被留在了照片上。

"姐和姐夫刚刚让我告诉你,说今天你辛苦了。"下台时,岑蔚走在周然的身后,替他捏了捏肩膀。

"应该的。"

宾客们散得差不多了,这会儿这里没什么外人。

周然在台阶边停下脚步,向她伸出手。岑蔚自然而然地跳上去,被他背到背上。

"回家后你好好地犒劳我。"

岑蔚笑着答应。

餐饮行业的竞争一年比一年激烈。六月刚过,各个品牌就陆续推出一大批夏季新品。

去年心橙靠着薄荷系列的饮品独辟蹊径。今年他们没在新意上下功夫,反而走了经典的路子。

云南泡鲁达和海南清补凉都是具有代表性的地方小吃。心橙自称走访了当地的多家老店,力求还原最地道的传统配方,并且打着"双南之争"的名号,顾客每下单一杯饮品就可以为对应的队伍积一分,最后两大队伍争夺今年的"夏日甜品之王"。

自从新品上市，这个榜单就被挂在了心橙App的首页上，比分实时更新。顾客们的胜负欲被激了起来，有人一连喝了好多天饮品。心橙的甜品大战还在社交平台上出了圈。

还有人建议明年让更多的地区参与到活动中，比如江浙的绿豆汤、川渝的冰粉、广式的烧仙草等，一时引发热议。心橙又一次在众多竞争对手中杀出了一条血路。

周然告诉岑蔚——为了这个策划，程易昀去了云南又去海南，被晒黑了很多，回来后找纪清桓说这得算工伤。

岑蔚听后哈哈大笑，看到朋友圈里好多人都在喝心橙的新品，心中生出一种难以言喻的自豪感。

但她自己的工作可就没这么顺利了。

岑蔚原本想以海洋为元素设计下一个系列的周边产品。但老板看完她的稿子后摇摇头，觉得这种蓝色系的产品太普通，容易和其他品牌的创意雷同。散会前，他又特地强调了一遍——务必注意产品的实用性。

岑蔚回到办公室里，扔掉手里的文件夹，瘫坐在椅子上，长叹了一口气。

他平时那么好，怎么一旦成为她的甲方或领导就变得这么碍眼了呢？

岑蔚在心里默念了三遍"公是公，私是私"，才重新打起精神来。

她点开微信，用下属的口吻给周然发了一条消息。

岑蔚：老板您好，请问您还记得之前把我挖过来的时候，信誓旦旦地对我说我想画什么稿子都可以吗？

过了一会儿，他回复了她。

周然：是这样的，小岑哪，这就是社会要给你上的一课。

周然：永远不要相信老板给你画的大饼。

岑蔚回复了一串省略号。

今天晚上周然要加班。岑蔚留在公司里等他。

她忙完自己的事后，抬头一看时间，现在都快八点了。

岑蔚走出办公室，去走廊的尽头找周然。

秘书也都下班了。岑蔚敲了两下门，按下门把手。

周然正坐在办公桌旁打电话。虽然从今年开始，他的工作重心转移到山城来了，但是他也没办法完全不管总部那边的事情，最近在忙关于新代言人的事。

岑蔚朝他走近，用口型问："快好了吗？"

周然看着她点点头。

时间到了六月，山城的天气已经变得很闷热，时不时地下两场雨，天空总是灰蒙蒙的。

夜深时，岑蔚翻身抱住周然的腰，嘟囔了一句："我好爱你。"

周然听到了她的话，但故意装聋，问："什么？"

岑蔚绝对不会说第二遍这种话，说："晚安。"

周然弯了弯唇角，揉揉她的头发："晚安。"

周六是周然爷爷的七十五岁寿辰。杨玉荣让他把岑蔚也带回家一起吃饭。

上次她来他家还是在除夕夜的时候。周然喝醉了酒，岑蔚来接他。

那次她匆匆忙忙地来了，也没有进屋，现在终于能和周然的家人正式见一次面了。

礼物是一盒祁门红茶，是周然挑选的。

"爷爷好。"岑蔚把手里的礼盒递过去，"周然说您爱喝这种茶。"

"谢谢。"老爷子应了一声，对她笑了笑，让他们俩快坐。

周家人的性格都一样。他们拙于表达，平时总爱板着脸，对谁都不太热情，其实心都是善良的。

家里来了好多亲戚，周然带着她挨个儿打招呼。

婶婶李明英尤其喜欢岑蔚，拉着她说了好多话。

"我家里也有一个女儿，她一直在外面上学，不怎么回来。以后你让周然多带你回家吃饭，陪陪我们。"

岑蔚乖巧地点头。

周然最后带她去楼上的房间里看了小姑。几个月前癌症复发了，小姑比以往更加消瘦，面色苍白，看起来无精打采的。

"你要下去坐坐吗？"周然帮她把窗帘拉开，今天外面出了太阳。

"不了，太吵。"小姑向岑蔚招招手，示意她坐过来。

"你就是岑蔚呀？"小姑看着她，笑眯眯的。

岑蔚点头，喊："小姑。"

"谢谢你看上我们家然然。"

周然插话说："你怎么说得我好像很不值钱一样？"

小姑白了他一眼，悄声对岑蔚说："他很早以前就给我看过你的照片了。我还以为他追不到你了呢。"

岑蔚茫然地抬起头，看向周然，问道："追？"

周然挠挠脸，默不作声。

他们跟小姑聊了一会儿。她就让他们下楼去客厅里和大家聊天，让他们别一直在这里陪她。

周然说："我给你买了水果。你想吃什么？我让奶奶帮你把水果拿上来。"

小姑挥挥手，让他们俩快去吃饭。

岑蔚一踩老房子的楼梯，木板就"咯吱"响。她抓着周然的胳膊，小心翼翼地迈步："你爸爸和小叔长得好像啊。我刚刚差点儿把他们认错了。"

周然说:"他们俩在双胞胎里其实不算特别像。"

岑蔚惊讶地张大嘴:"他们俩是双胞胎呀?"

"嗯,所以我奶奶生完他们俩后,身体一直没恢复。她很晚才生了我小姑。小姑就比我大了六岁。"

那他的小姑还没到四十岁呢。岑蔚叹了口气,问:"小姑没结婚吗?"

"她结过婚,后来又离婚了,也没生小孩。"

岑蔚点点头:"没小孩也是好事。"

踏下最后一级台阶,周然牵住她:"走吧,开饭了。"

周然没去男人们坐的那一桌,就陪在岑蔚的身边。

姑婆们打趣他:"哎哟,你怕我们欺负她呀?"

小叔也喊他过去:"就是呀,然然快过来。"

周然一口回绝:"不去,我不喝酒。"

"我看然然将来也是个怕老婆的人。"有人对杨玉荣说。

"不好吗?我还羡慕我们岑蔚呢,什么时候周建业能在外面吃饭的时候不喝酒,我都要烧高香了。"

桌上的人发出一片哄笑声。岑蔚低下头,用手背贴了贴脸颊。

他们两个小辈和三姑六婆们聊不到一起去,安静地吃着菜。

"小三生的就是儿子,我那天见到彭春晓了。她笑得特别开心。"

"那她原来的那个儿媳妇呢?"

"不知道,那个儿媳妇也怪可怜的。"

"谁让她的肚子不争气?现在好了,小三带着儿子进门了。"

"我看小三也就是生了个儿子才管用,要是生个女儿,彭春晓也不会认的。"

李明英端着菜走出来,听到她们正在聊的八卦,说:"生女儿怎么了？我们家周以比谁差吗？你们看看蓉茵家的小儿子，他又打架被拘留了。我看生女儿才好。"

周然转头看了岑蔚一眼，拍拍她的手："你吃饱了吗？"

岑蔚心不在焉地抬起头："啊？"

周然说："你去厨房里看看有什么要帮忙的。"

"哦，好。"岑蔚站起身，喊一直帮忙端菜的婶婶过来坐。

杨玉荣看见岑蔚过来了，问她有什么事。

"阿姨，需要帮忙吗？"

杨玉荣摆摆手："不用不用，你快去吃饭。"

"没事，我吃饱了。"岑蔚接过她手里的菜，"我来洗菜吧。"

"怎么能让你洗菜呢？"

岑蔚说："我又不是客人。我是客人吗？"

杨玉荣欣慰地笑了笑："不是，你当然不是客人。"

没过一会儿，周然也进来了，朝锅里看了一眼："妈，你在做什么菜呀？"

"毛血旺，待会儿我再炒一盘虾。"

周然撸起袖子："我来吧，你出去吃饭。"

杨玉荣不放心把厨房交给儿子："你来？"

周然使了一个眼色："嗯，我来。"

杨玉荣瞄了一眼岑蔚，放下锅铲，解开围裙："行行行，给你表现的机会。"

岑蔚把生菜洗干净，擦了擦手。

厨房里现在只有他们两个人，她从背后抱住周然："我没事。"

"真的？"姑婆们向来爱八卦，但他听了刚刚那些话，心里也觉得不舒服。

岑蔚向他坦白："其实，我还真的想过，如果我是男孩的话，他还会把我送给别人养吗？但如果情况真是那样，芳琴阿姨怎么办？事情无论变成什么样都是错的，我的出生本身就是一个错误。"

周然皱起眉头，回过身握住岑蔚的手。

锅里的汤"咕嘟咕嘟"地冒着泡，厨房永远最有人间烟火气息。

岑蔚抬起头，郑重地对他说："你放心，我以后不会觉得自己不幸了。我被那么多人爱着呢，很幸运。"

周然在她的额头上亲了一下，把她搂在怀里。

他一抬眸，看见杨玉荣根本没走远。她瞪着眼睛朝他指了指灶台，生怕他毁了她的毛血旺。

周然无奈地点点头，松开岑蔚，问："你来炒虾？"

"好呀。"

吃过饭，周然被小姑叫到上面的房间里去了。

杨玉荣带着岑蔚走进了老房子的储物间里。这里面堆了很多周然和周以小时候的东西。她想让他们俩带点儿东西走，把它们放到自己的家里去。

"这个箱子里都是他的书，那时候我说帮他把书卖了，他死活不肯，但又不看这些书了。"

岑蔚打开收纳箱，里面是各种类型的推理小说，纸页早就泛黄，封面也褪了色。

最上面的那本书是阿加莎的《无人生还》，也是他们俩高一时结仇的渊源。

岑蔚蹲在地上，饶有兴致地翻开书，发现扉页里还夹着一张信纸。

看到信的抬头那里居然写着她的名字，岑蔚不可思议地睁大眼睛。

信的正文只有一句话——"新年快乐",字迹工整。这句话的后面跟着一个突兀的"我"字,她不知道他是不是没写完这封信。

她往下看了看,看到上面还有歪歪扭扭的三个大字——"讨厌你"。他写得很用力,像是带着满腔怨气写的这几个字。

岑蔚捏着陈旧的信纸,蒙了。

第十七章
薄荷黑巧

"这里还有一本相册呢,我自己都忘了。"杨玉荣从架子上找到了一本老相册,把它递给岑蔚,说,"你看看。"

"嗯。"岑蔚回过神来,折好信纸,塞进自己的包里,伸手接过那本相册。

她翻开封皮,问:"这是周然小时候的照片吗?"

"对,待会儿你们带走相册,把它放在家里吧。"

岑蔚看着照片上围着口水巾的婴儿,不自觉地笑弯了眼睛:"好。"

相册里有周然从小到大的照片。他下楼的时候,岑蔚正翻到他初中时期的照片。

"你在看什么呢?"

岑蔚抬起头,朝他笑了笑。

周然走近一看,发现她居然在看他的黑历史,赶紧伸手去抢相册。

岑蔚侧过身子躲开他,说:"你小时候好可爱。"

"后来我就不可爱了,你别看了。"

岑蔚问他:"你怎么初中的时候胖了那么多?"

杨玉荣在旁边插话:"他那时候正长身体,一顿饭能吃三碗米饭,个头儿一下子就蹿起来了。他奶奶经常做鸡腿,他一个人一天能吃一盆鸡腿。"

周然"哎呀"了一声,打断杨玉荣,让她别说了。

岑蔚把相册抱在怀里,决定把它带回去好好地研究研究。

"这里还有他大学毕业时的照片呢,你要不要也把它们拿走?"杨玉荣问岑蔚。

"要要要。"

"这个是小以,这个是……"杨玉荣脸色倏地一僵,抬头看向周然。

岑蔚好奇地凑过去看了一眼,挠挠脸,扬起嘴角微微地笑了笑。

周然沉着脸抽走那张照片,把它随手扔到一边,拽着岑蔚的胳膊往外走。

"妈,我们走了呀,订了下午的电影票。"

杨玉荣应了一声:"你们回家吃晚饭吗?"

"再说吧。"

坐进车里,岑蔚捋着头发,轻飘飘地开口说:"她挺漂亮的。那是她吧?"

那个女孩能和周然一起穿着学士服出现在合照上,应该就是周然的前女友了。

周然把一只手搭在方向盘上,转头看岑蔚,没吱声。

岑蔚问:"你的家人都认识她呀?"

周然回答:"有一年暑假里,她和几个同学来山城玩,我就带他们回家吃了一顿饭。"

"哦。"岑蔚点点头,嘴角始终挂着浅笑。

周然从口袋里拿出一张银行卡,递给岑蔚:"放在你的包里吧。"

岑蔚接过卡看了看,问:"这是什么?"

周然叹了口气:"这是小姑给的卡,里面都是她攒的私房钱,一共有六万多块钱吧。她让我把钱给妹妹。说话和交代后事一样,我都不知道该怎么把这件事告诉我爸妈。"

岑蔚把银行卡收进肩包的夹层里,替他想了一个办法:"要不这样,你再往这张卡里存点儿钱,把金额凑成一个整数。妹妹回来后,你把卡给她,就说这是你和小姑给的零花钱,也这么告诉你爸妈。"

周然想了想,点头答应。

他启动车子,舒展眉头,说:"果然,家里还是得有个女人才行。"

岑蔚合上包,又想起里面的那张信纸。

她还问过周然是不是书里夹着情书他才不肯把书借给她。他说"不是",还说是自己在上面写了她的坏话。

岑蔚当时以为他是在开玩笑,现在看来那些话竟然是真的。

但,为什么呢?

其实她能猜到原因,但又不敢确定。

她唯一能肯定的是,很早之前,周然就比她想象中还要关注她。

"周然。"岑蔚轻声开口问,"那次咱俩被叫到了办公室,你放学后来找我,本来想跟我说什么话呀?"

"你怎么突然问那件事?"

"我刚刚看到你以前的照片，就突然想起来了，随便问问。"

"我当时是想道一句歉吧，还有……"周然顿住。

岑蔚安静地看着他，等他说下去。

周然说："还有那天，我本来想送给你一盒巧克力的。"

"你为什么要送给我巧克力？"

周然看她一眼："看样子你忘了。"

岑蔚茫然地眨眨眼睛："什么事呀？"

周然摇摇头："没什么，那些都不重要了。"

岑蔚"哦"了一声，没再追问下去。

下课铃打响，教室里吵得像蜜蜂在"嗡嗡"地鸣叫，后排的男生们"嘻嘻哈哈"地打闹，又把宣传委员刚画好的黑板报蹭花了。

"岑蔚，我想上厕所，你帮我发一下这些东西呗。"

"好。"岑蔚接过那一沓团员证，从椅子上站起身。

她低着头，一本一本地翻开团员证看名字，一不留神差点儿撞到前面的人。

"小心。"

岑蔚抬头看，面前是班里最高的那个男生。她低下头找出一本团员证，打开确认了一遍名字，递给他，说："这个是你的。"

"谢谢。"

岑蔚刚刚看名字的时候瞥了一眼，发现他是十二月出生的，随口问："你这个月过生日呀？"

周然愣了一瞬间，点头说："嗯，三十号。"

"那快了。"岑蔚腾出一只手摸了摸口袋，找到一块巧克力，说，"提前祝你生日快乐。"

周然低头看着她掌心里的巧克力，心里五味杂陈。

他认识这种包装，这是他放在她家门口的巧克力。

岑蔚看他不接巧克力，又把它往他的面前递了递："你可以试试看，这是牙膏味的巧克力。"

"啊？"

岑蔚笑了一下，说："就是薄荷味，不难吃。"

"你喜欢吃这种巧克力？"

"嗯，还行吧。"

"谢谢。"

"没关系。"岑蔚继续发剩下的团员证。

被深绿色锡纸包装着的巧克力又回到了他的手里。当时是十二月的冬天，他的掌心却变得湿热，人也快要融化了。

小姑问他今年想要什么生日礼物。

周然毫不犹豫地说："薄荷巧克力，就是你上次给我的那种巧克力。"

正值元旦，前一天他看见周以在给朋友们写贺卡，嘲笑她是小女生。

晚上坐在书桌前，周然看着面前的巧克力，又后悔没找她要一张明信片。

他翻遍了书房，也只找到了单调朴素的信纸，握着黑色的水笔，端端正正地写下了"新年快乐"四个字。

下一句刚写好一个"我"，他又词穷了，不知道该说什么话。

他想了想，还是算了。写这种信，他也太像小女生了。

写到一半的信被他随手夹在了手边的小说里。他并不打算把它送出去。

三天的元旦假期转眼间就结束了，他们很快就要进行期末考试。

他们返校后，班里的人莫名其妙地开始传他和岑蔚的八卦。

一男一女被同时叫到办公室，这件事够这群无聊的高中生发散思维编写剧本了。

周然知道同学们没有恶意，也没人会把这些八卦当真，明眼人都知道这件事不可能是真的。

但岑蔚急了。

他听到她说："我怎么可能喜欢他呀？我又不瞎。"

那时，周然表现得很平静。有同学回过头来看他的表情。他若无其事地翻开手边的书，假装没听到她的话。

信纸掉了出来，周然觉得它很扎眼，拿起笔在上面加了一句话。他自己都没意识到自己写了什么话，纯粹想要发泄情绪。

"周然，你有什么吃的东西吗？"旁边的周嘉诚喊他。

周然没抬头，摸到"桌肚"里的巧克力，把它扔了过去。

"谢了呀，兄弟！"

周然"啪"的一声合上书，烦躁地叹了口气。

课桌上总有一些凹凸不平的划痕，他不知道它们是哪一届学生留下的。

那上面藏了很多秘密。

周然的秘密是，他最讨厌的人也是他最喜欢的人。

六月中旬，岑蔚跟着周然去蓉城出差。

她好久没回来过，故地重游，身份却已经完全不同。

岑蔚是带着一份杯套的设计方案来的。和沈总聊完后，她走出办公室，拿出手机给周然打电话，问他在哪里。

今天心橙要拍摄广告，他说他在现场，让她下来找他，还说有惊喜。

"什么惊喜？"岑蔚拿着手机，按下电梯的按钮。

周然还是卖关子，说："你来了就知道了。"

"岑蔚?"

听到有人喊自己的名字,岑蔚回过头,惊喜地说道:"雨樱,好久不见。"

"好久不见。"张雨樱抱着文件夹打量她,"你变得和以前很不一样了。"

岑蔚莞尔一笑。

"你要下去找周总吗?"张雨樱问。

"嗯。"

周然离开总公司后,夏千北接管了他的品牌部。现在张雨樱也是夏千北的秘书之一。

她对岑蔚说:"我正要去找夏总签字。"

"那咱们一起走吧。"

"今天是谁在拍广告啊?"路上,岑蔚问张雨樱。

"楚星宇,你知道他吗?你看他最近演的那部姐弟恋的电视剧了吗?"

岑蔚没看那部剧,但认识他,怔了一下,弯唇笑了。原来周然说的"惊喜"是这个意思。

走到门口时,张雨樱捂着嘴,把脑袋凑过来,抬手指了一个人让她看,压低声音问:"你看见那个女人了吗?"

岑蔚顺着她指的方向看过去,站在那儿的女人穿着一身黑白相间的裙子,高跟鞋把小腿衬托得纤细匀称。她把长发用鲨鱼夹随意地盘在脑后,气质干练。

她正在和摄影师沟通,面容严肃而认真。

岑蔚点点头,表示自己看到那个女人了。

张雨樱在她的耳边小声说:"她叫林舞,是圈里挺有名的经纪人,也是我们周总的大学同学。我听说两个人的关系不简单。"

"林舞?"岑蔚低声念了一遍这个名字。

下一秒，她看见女人转身向一旁走去。灯光设备挡住了她的视线，但周然长得高，她很容易就看见了他和女人。

两个人站在一起，有说有笑。

看到女人的侧脸时，岑蔚认出她来了。

林舞就是周然毕业照上的那个女孩。虽然她的穿着打扮和几年前完全不同，但照片上的女孩就是她。

"我以前就觉得他们俩看起来很般配，是吧？"张雨樱笑得意味深长。

岑蔚提了提嘴角，心不在焉地"嗯"了一声。

"那个……我想起来了，忘了跟沈总说一件事。我再上去找她一次。"

"哦，行。"

岑蔚转身推开玻璃门，匆匆地离开。

周然抬腕看了一眼表，忍不住向门口张望。已经过去十分钟了，岑蔚怎么还没来？

夏千北看他那副魂不守舍的模样，挥挥手说："你去找岑蔚吧，这儿也没你的事了。我看着他们就行。"

"不是……"周然拿出手机，想看看岑蔚有没有给他发消息。

张雨樱把下一份文件打开递给夏千北，听到他们的对话，出声问："您是找岑设计师吗？她刚刚是和我一起下来的，说有事找沈总，又走了。"

周然抬眸看向她："什么事？"

张雨樱摇摇头："那我就不知道了。"

夏千北握着钢笔，在纸张上签下名字，说："你快去找你老婆吧，下午还能抽空去玩玩，难得回来一趟。"

"那我上去看看她。"周然抬手和远处的林舞打了一个招呼，示意自己先走了。

对方朝他点了一下头。

周然拍拍夏千北的胳膊,交代:"帮我好好地看着这儿。"

"你还不放心我吗?"

夏千北合上手里的文件夹,顺手还给张雨樱,却看见对方瞪着眼睛,她像是被人定在了原地。

他在她的眼前摆了摆手,吼了一声:"嘿。"

张雨樱吓得一颤,眨眨眼睛,抬起头:"夏总。"

"你在想什么呢?"

张雨樱抿了抿唇,小心翼翼地开口问:"周总和岑设计师……是不是在一起了?"

夏千北挑了挑眉:"你不知道啊?"

张雨樱摇摇头,用力地收紧抱着文件夹的胳膊。

夏千北嘀咕:"我还以为这是公开的秘密了。"

张雨樱有些僵硬地笑了笑,恭维地说:"他们好般配。"

一想到自己刚刚在岑蔚面前说的那些话,她就恨不得往自己的嘴上抽一巴掌。

"咖啡到了吗?"夏千北问。

"到了。"张雨樱说,"我去门口拿。"

夏千北点头。

把冰咖啡分给众多工作人员时,张雨樱看着杯套上的"多喝咖啡,少谈是非"八个字,终于明白了这句话的真谛。

周然大步走出电梯,回到十六楼,给岑蔚打了一个电话,但电话无人接听。

他去了一趟沈沁的办公室,发现岑蔚并不在那儿。沈沁说她没有再来过这里。

周然皱着眉头，总觉得心脏悬在了空中。

他正要往外走，路过茶水间时无意间往里面看了一眼，发现一个熟悉的身影。

里面没有其他人，周然推开门走进去，松了一口气，说："你怎么在这里？"

岑蔚闻声抬起头，捧着一个纸杯，解释："哦，我刚刚肚子不舒服，想找热水喝。"

这两天她的生理期来了。周然走过去，替她揉了揉小腹："没事吧？肚子还疼吗？"

岑蔚摇头："没事。"

周然告诉她："你的小偶像在楼下拍广告呢。"

岑蔚提起一口气，故作惊讶地说道："楚星宇？不会吧？"

"嗯，我带你去看看。"周然说着就牵起她的手。

"不去了。"岑蔚把他拉回来，"不打扰他们工作了。"

"没事，你去看看。"

"算了。"岑蔚喝了一口纸杯里的水，"我还是和他保持一点儿距离比较好。"

周然听到这句话，乐了，捏着她的脸颊说："我真没想到，你还是理智的粉丝呢？"

岑蔚佯怒地瞪他，挡开他的手。

周然看她一副兴致缺缺的样子，问："我去楼下给你买一杯热牛奶吧？"

岑蔚摇摇头，冷不丁地开口问："哎，周然，你和林舞是怎么认识的呀？"

周然愣了一下，没立即回答。

岑蔚又问："她就是你的前女友吧？"

"嗯。"

岑蔚用肩膀轻轻地撞了撞他:"你是不是对她一见钟情啦?"

"不是。"周然说,"是在学校里的操场上认识的,我们俩总是在晚上跑步,跑了几次就看对方眼熟了。有一次她崴脚了,我扶她起来,就跟她说上话了。"

岑蔚问:"那后来你们是怎么在一起的?"

周然蹙眉:"你为什么突然想知道这件事?"

"好奇嘛,我就是问问,你不说就算了。"

周然顿了顿,开口说道:"她是那种包容性很强的人,能设身处地地理解别人的心情,也能提出建议。怎么说呢?就和她现在的工作一样,她很会塑造一个人。"

岑蔚点点头,低声问:"所以是她改变了你吗?"

周然没说"是",但说:"她帮了我很多,所以那时候我挺依赖她的。她问要不要试试在一起,我答应了。但我们真的变成了彼此的男女朋友后,又觉得还是不合适。她说她可能只是享受那种被人信赖的成就感,并不是真的喜欢我。所以我们还是做回了朋友。"

说到这里,周然觉得自己把该交代的事情都交代完了。但岑蔚问了一个令他始料不及的问题。

"那你呢,你是真的喜欢她吗?或者你只是依赖她?"

周然没法一下子回答,只说:"这已经没有意义了。"

岑蔚垂着脑袋,自顾自地说:"你是喜欢她的吧。你肯定没有把你的想法告诉她,万一她也是怕你只是依赖她呢?如果你那时候挽留她了,说不定结果会不一样。"

周然听着她的话,总觉得哪里不对劲,盯着岑蔚的脸,想仔细地分辨她的表情。她的语气太平静了。她冷静得像一个旁观者。

他原本担心她会吃醋,可岑蔚不仅无动于衷,甚至还替他的过去感到惋惜。

450

周然突然就慌了，不清楚岑蔚在想什么，心里没底。

声音随着脸色一起沉了下去，他问："你到底想说什么？你怎么了？"

岑蔚抬起头，直视他的眼睛，缓缓地说："我只是想知道，周然，这个世界上有什么东西是你主动争取来的吗？你为什么总是什么都不说呢？你觉得你自己很伟大吗？"

她越说语气越重。这样的岑蔚让周然感到陌生和害怕。他一下子怔在原地，发不出一点儿声音。

岑蔚缓和了一下语气，低下头，没再看他："我希望是我想多了。但是，你喜欢过我，是不是？"

周然听到"喜欢"两个字的时候，心脏猛地收缩了一下。他问："为什么你希望是你想多了？"

岑蔚咬着嘴唇摇摇头。

"我也不是喜欢你，就是……"周然清清嗓子，想找到一个合理的说法。

我对你有好感？我觉得你很有趣？这些说法好像都不太对。

他放弃挣扎，点头承认："对，我那时候喜欢你。"

岑蔚看着他，说了一句："难怪。"

"你是怎么知道的？"周然摸了摸脖子。

岑蔚取出包里的信纸："那天我在你家里看到的。"

周然展开信纸，看到上面幼稚的字迹，笑了一声，说："我自己都把它忘了。"

他重新叠好信纸，把它还给岑蔚："现在你高兴了吧？"

岑蔚抬起眼皮，眼圈红红的。她撇着嘴，看上去委屈巴巴的。

周然赶紧朝她走近一步，弯下腰，平视着她："你怎么还哭了？"

岑蔚吸了一下鼻子，眼泪不争气地掉出眼眶。她搂住他的脖

· 451 ·

子，把下巴抵在他的肩膀上，说："我们狗是不能吃巧克力的。"

"啊？"周然听得一头雾水。

茶水间里有一面透明的玻璃窗，来来往往的人都能看到他们，但现在岑蔚顾不了那么多了。

她对周然说："我就是觉得好像你更爱我一点儿，我们之间突然不公平了。"

"这算什么公不公平？"周然揉了揉她的头发，"而且我也没那么喜欢你，后来就把你忘了。"

岑蔚着急地跺脚。

她越是这样，周然就越想笑。

他搂紧她，拥抱带来的充实感在心里蔓延开来。他终于觉得踏实了。

"还是有的。"周然想起刚刚的那个问题。她问他有没有主动争取过什么事物。

"我争取了你呀。我不是后来去找你了吗？"

岑蔚没说话。过了一会儿，周然感觉到肩膀处的衬衫湿了。

他松开岑蔚，捧住她的脸，擦了擦泪痕："不哭了。"

岑蔚的眼泪成串地往下掉，止也止不住。她抽泣着说："可是你的人生中最重要的几年都是她陪着你过的。我和你连高中的毕业照都没在一起照。"

她越说越伤心，哭得完全不顾形象。

周然只能把岑蔚搂回怀里，觉得无奈又好笑。她的泪点怎么在这儿？

"我才几岁呀，那几年怎么就是最重要的几年了？"周然说，"以后的日子这么长，都是你的。"

岑蔚还是低声呜咽。

她没有吃醋，也没有嫉妒，只是很羡慕那个人。

走出茶水间的时候，岑蔚让周然走在前面。

他评价此举为"欲盖弥彰"。

夏千北和张雨樱恰好走上来，四个人在公司的门口迎面遇上。

两个男人在说话。张雨樱偷偷地瞄了岑蔚一眼。岑蔚的脸上挂着微笑。她看上去心情还算不错。

张雨樱松了一口气，在心里发誓以后绝对不再多嘴了。

"那我们先走了。"周然自然地牵起岑蔚的手。

夏千北应了一声，说："晚上见。"

"晚上见。"

一走出公司的大门，岑蔚就赶紧抽回自己的手，问周然："你不怕被他知道啊？"

周然重新牵住她的手，说："他早就知道了。"

岑蔚惊恐地瞪大眼睛："你说什么？"

"夏千北早就知道我们的关系了。"

岑蔚担心地说道："他不会把这件事告诉大老板吧？"

周然说："纪清桓也知道。"

岑蔚一脸疑惑地问："你不是说他明令禁止办公室恋爱吗？"

周然都快忘了那件事，转过头朝她笑了一下："我说那些话就是逗你的。"

岑蔚气结，抬腿想踢他。

"所以，你打算公开和我的关系了吗？"周然问。

"不，你想得美。"

"好吧。"

刚刚岑蔚听见了周然和夏千北说的话，叮嘱他说："晚上你少喝点儿酒呀。"

"你要不要和我一起去？"

"啊？去的人都是高层的领导，我去不太好吧？"

"我又没让你作为员工去。"周然捏了捏她的手,"你是家属。"

岑蔚咬住嘴唇,尽力压住不自觉上扬的嘴角。

"好吧。"她表面上勉为其难地答应,其实心里乐开了花。

写字楼外晴空万里,天气已经开始变得闷热。

岑蔚很久没坐过地铁了,走进地铁站时看到熟悉的格局,有些恍若隔世。

有地铁到站了,发出一阵"轰隆隆"的响声。

周然没听清她说的话,茫然地看着她。

于是,岑蔚踮起脚,在他的耳边重新说:"我会更爱你的。"

口罩挡住了大半张脸,但他的眼睛告诉她,他在笑。

对于有些人来说,对别人好很容易,但他们接收到别人的好意时,却总是会诚惶诚恐,无法对此心安理得,甚至会产生负疚感。

就像小狗吃不了甜蜜的巧克力。

岑蔚不知道那件事时,感觉还好。她一直以为她能和周然重新相遇是冤家路窄的缘分,是阴错阳差之中的命中注定。

但其实事情不是那样的,在她对周然产生好感之前,那个笨蛋也许早就在为她撑伞了。

这种错位让岑蔚觉得难受。她没办法再回以前给那个男孩任何反馈。

她更害怕自己无意间说了什么话或做了什么事,伤害了他,更害怕她给青春期的他带来的伤害是被另一个女孩抚平并治愈的。

而若干年后,坐享其成的人还是她。

她的心情像一杯加入了冷水的速溶咖啡,变成一团乱糟糟的粉末。

岑蔚只能下定决心补偿他,以后要更爱他一点儿。

列车的门打开后,周然牵着她的手走进去。

车厢内还算空旷,他们找到空位坐下。

岑蔚翻找着包里的耳机,问周然:"你还记得那次我们在地铁上听了什么歌吗?"

男人说:"忘了。"

岑蔚佯装生气地瞪他一眼,把一只耳机递给他:"我当时心跳快得要爆炸了,你居然忘了?"

耳边响起音乐,节奏轻快,歌词暧昧。周然勾起唇笑了,想起这首歌来了。

"Late night watching television(昨夜还一起看着电视)

But how'd we get in this position(此刻就热火缠绵)

It's way too soon, I know this isn't love(发展太快了,我知道这并非爱)

But I need to tell you something(但我想要告诉你)

I really really really really really really like you(我是真的真的真的很喜欢你)"

那次他们通过对面的玻璃窗偷看对方。

他们现在也这么做了,视线在车窗中模糊的身影上交融,手指也交缠在一起。

"我也是。"

岑蔚调低手机的音量:"你说什么?"

周然说:"我也是,那次心跳快得要爆炸了。"

岑蔚终于满意地笑了,抱着他的胳膊,把头靠在他的肩上。

戴口罩的好处就是她在公共场合时大胆了许多。以前,岑蔚肯定不好意思做出这么亲密的举动。

但现在她没有那些顾虑了,反正也没人认识她。

有人认识她也没关系,恋爱中的人怎么忍得住贴在一起的欲望?

过了一会儿，周然又说："还有哇，你不用因为我喜欢过你就要多爱我一点儿。"

岑蔚抬头看他："为什么？"

"那根本就没有什么，不然我早就告诉你讨你的欢心了。它只是在该发生的时候发生，在该结束的时候结束，然后在该回来的时候又回来罢了。"周然拍了拍她的手背，"你按照你的节奏来就好，不用觉得有负担。"

岑蔚摘下耳机，坐直身子看着周然，正色道："那你跟我说实话，你不会是因为我才……才突然开始好好学习，还想减肥的吧？"

周然笑了一声，抬手戳了一下她的额头："你偶像剧看多啦？"

岑蔚不满他此刻的插科打诨，握住他的手腕，认真地说道："你别跟我打岔，回答我。"

周然靠着椅背沉吟片刻，回答："不管是减肥还是学习，我做这些事说到底都是为了我自己，为了变得健康，为了变得更自信，或者为了我的未来。反正付出努力的人是我，受到好处的人也是我，和别人没关系。"

他抬眼看向岑蔚："这才是实话，只有没用的男人才说他做什么事都是为了你。"

岑蔚被他逗笑，点点头："我知道了。"

"哎。"周然突然想到一个问题，"如果两年前咱们在这里的时候，我还是两百斤，你会怎么办？"

岑蔚抱着手臂想了想，回答："那我会在打开浴室的门看到你的那一刻就报警，而不会因为看到你裸着上半身又觉得尴尬又忍不住想再看你两眼。"

周然"哼"了一声，骂她是女流氓。

"干吗？你不爱听实话，是不是？那你再问我一遍。"

周然配合地又问了一遍："如果两年前我还有两百斤的话，你会怎么办？"

岑蔚说："我会报警。"

周然作势要起身离开，被岑蔚拽回来。她笑嘻嘻地说道："别生气嘛，好哥哥。"

"那我换一个问题，如果我后来又胖回去了，你会怎么办？"

岑蔚说："你不会胖回去的。"

"只是假设。"

"那你最好不要胖回去。"

"为什么？你会嫌弃我吗？"

岑蔚抬起一只手掩着嘴，在他的耳边悄悄地说："吃得太胖的猪，过年的时候是会被杀掉的哟……"

周然："……"

岑蔚朝他笑着眨了眨眼。

周然莫名感觉背后有一股阴风吹来。

天气炎热，他们在春熙路上找了一家咖啡店消磨时间。

点单时，周然原本想喝西班牙拿铁，又改口要了冰美式拿铁。

岑蔚在旁边抿着唇憋笑，小声对他说："想喝什么就喝吧，小猪。"

周然回应她："你才是小猪。"

岑蔚又向店员要了一份招牌莓果松饼。

他们找了一个靠窗的位置坐下，小店被装修成了欧式复古的风格，物品繁杂但色调统一，富有情调的同时又不失温馨。

"对了。"周然放下咖啡杯，问岑蔚，"你有做室内设计的朋友吗？"

岑蔚点点头："我有几个同学在做这个，怎么了？"

"爸妈前两天问起新房的事了,我也觉得可以开始慢慢地装修房子了。"

"哦。"岑蔚用叉子叉了一块草莓,喂给周然吃,"改天我问问他们。"

草莓并不是应季水果,周然觉得酸,闭上眼睛,拿起岑蔚的薄荷牛乳饮料就喝。

"很酸吗?"岑蔚面不改色地嚼着草莓块,"还好吧。"

周然缓缓地抬眸,愣愣地看着她。

岑蔚看穿了他的心思,提醒他:"我正来'大姨妈'呢。"

"对。"周然收回目光,摸了一下后脑勺儿。

岑蔚抿唇憋着笑:"我怎么感觉你好像很失望啊?"

"没有。"周然摇头否认。

他把话题岔开,问岑蔚:"你什么时候变得这么能吃酸了?"

岑蔚说:"我跟你学的呀,控糖,健康养生。"

周然笑了,看着桌上的松饼问:"你吃这种东西,还说要控糖?"

岑蔚瞪他一眼:"美女的事你少管。"

周然认输,说:"行行行。"

窗外的行人来来往往,难得能在工作日里忙里偷闲,岑蔚舒服地叹了一口气。

夏天白昼长,四五点时阳光还很灿烂。

夏千北给周然发了一个定位,位置就在附近,他们打车过去。

包间里的一群人都是年纪相仿的男男女女。周然刚牵着岑蔚走进来,他们就不停地起哄,问他旁边的人是谁,让他给大家介绍介绍。

周然先是给了一个官方的答案:"我们公司的设计总监。"

其他人显然不满意,齐声起哄。

周然只好又改口说:"她是我的女朋友,岑蔚。"

下了班,大家就只是志同道合的朋友。他们一口一个"弟妹"喊岑蔚,把周然的便宜都占尽了。

周然被拉着坐在了男人们的中间。沈沁给岑蔚留了一个位置,向她招招手,喊她过去。

沈沁原本不在心橙工作。之前公司的财务出了问题,纪清桓一下子辞退了好几个高层的领导。她是被夏千北调过来救场的,现在是心橙公关部的负责人。

来得最晚的是纪清桓和戚映霜。他们刚进屋,别人就把酒杯塞到了他们的手里。

纪清桓还在找借口不喝酒。戚映霜二话不说,接过杯子干了一杯酒。

屋里的人群一下子沸腾起来。大家欢呼鼓掌,有人喊"嫂子威武",连纪清桓都不得不佩服自家媳妇的魄力。

看到戚映霜把蛋糕盒递给服务员,岑蔚问旁边的沈沁:"今天是谁的生日吗?"

沈沁说:"是大老板的生日呗。"

岑蔚惊讶地"啊"了一声。周然都没把这件事告诉她,她也没准备礼物。

沈沁安慰她:"不用急,一家人出一份礼物,你家的男人肯定早就把礼物准备好了,哪里还用你操心?"

想想也是,岑蔚弯了弯唇角。

他们喝酒聊天,桌上的气氛一直是热闹的。

周然被拉着喝了好几杯酒。岑蔚隔着圆桌,用眼神示意他少喝一点儿酒。

周然朝她点点头,表示自己知道了。

岑蔚用口型说了一句:"乖。"

周然喝了酒，脸颊泛红。他看着她时眉眼含笑，整个人都变得温柔了。

戚映霜捕捉到他们俩的小动作，忍不住打趣岑蔚："你们俩怎么还像在热恋期一样？"

沈沁接话说："就是呀，我和老夏都快'相看两厌'了。"

岑蔚拿起面前的饮料和她们碰杯："哪儿有？你们相处起来才甜蜜呢。"

转盘上多了一碗虾仁，那是纪清桓剥好的，他要把它送到戚映霜的面前。

程易昀不知道这回事，刚伸出筷子要去夹虾仁，手就被周然打了一下。周然说："那是人家剥了半天、要给自己的老婆吃的虾仁，你别瞎吃。"

程易昀赶紧道歉："不好意思呀，大嫂，是我没眼力见儿了。"

戚映霜摆摆手："你吃你吃。你是正宫，我算什么？"

真是玩不腻这个梗，他们欢笑着闹成一片。

吃到一半时，男人们坐不住了，彼此交换着眼神，纷纷拿起手边的烟盒，想趁女人们不注意时起身溜出去。

"你干吗去呀？"戚映霜率先出声喊住纪清桓。

"去厕所。"

"你们几个人手拉手一起去厕所呀？你们都多大了？还是小姑娘啊？"

岑蔚什么都没说，就安静地看着周然。周然被她看得心虚，第一个叛变，坐回自己的座位上，说："我不抽烟了。"

夏千北立刻倒戈，说："我也不抽烟了。"

其他的男人也一个个地坐回去，最后只剩没人管的孤家寡人程易昀站在一边，无奈地摊手："不是吧，兄弟们？"

纪清桓对他说："找一个老婆，你就懂了。"

戚映霜笑眯眯地问:"懂什么呀?"

纪清桓清清嗓子,飞快地转动他的小脑筋,回答:"懂……什么是被人管教的甜蜜。"

程易昀指着他们,摇摇头,痛心地说道:"你看看你们……'妻管严'一号,'妻管严'二号,'妻管严'三号。"

男人们欣然地接受这个新称呼,招手喊他回来。

"程易昀,你什么时候谈一次恋爱给我们看看?"

程易昀没了抽烟的兴致,坐回来,说:"我不谈恋爱,无爱一身轻。"

纪清桓拍拍他的肩膀:"我以前也这么想,有了女朋友你就懂了。"

周然举起酒杯,和他碰了一下杯,表示有共鸣。

程易昀看看左右两边的男人,叹着气,摇摇头。

几年前他们凑在一起创业,那会儿大家都还年轻,爱玩爱闹,向往所谓的自由,每天都有用不完的能量,有很多想要的东西。

现在连最年轻的人都到而立之年了。他回过头看看,也不知道从哪一个节点开始,他们就变得不一样了。

也许人在拼命地往上爬过之后,就会想要向下沉。

那种东西像地心引力一样,把他们留在熙熙攘攘的人间,能给他们踏实感。

程易昀看着眼前热闹的一切,抬杯抿了一口酒,低头笑了。

喝到最后,纪清桓神志不清地握着酒杯站起身,嚷着要发表重要讲话。

戚映霜和周然换了位置,在旁边搀扶着纪清桓,让他别再喝酒了。

"我纪清桓从小就是一个倒霉蛋,上学的时候考试考不过我哥,创业还连续失败了三次,爹不疼娘不爱。但是,我人生中最引以为傲的事就是心橙,遇见各位是我的福气,谢谢你们,我爱你们!"

夏千北拿出手机录像,沈沁喊:"来点儿实质性的呗!"

纪清桓举起手臂:"明年咱们去欧洲团建!"

"好!"大家纷纷鼓掌欢呼。

岑蔚凑过去,小声和周然说悄悄话:"他在画大饼,是吧?"

周然拍着手,点点头。

岑蔚说:"我要是纪清桓,到时候就在国内找一个平替的地方,反正有那么多地方号称'小欧洲'。"

周然挑眉打量她一眼,说:"我发现你挺有当老板的潜质呀,宝贝。"

"你是说吝啬和奸诈吗?"

周然耸了耸肩。

出差回来后,岑蔚联系了几个老同学,找到一家就在山城的工作室,和设计师约定周三下班后见面。

她先把平面图发给了对方,对方问她这是不是婚房的平面图,岑蔚说"是"。

岑烨前两天出去钓鱼了,收获颇丰。顾可芳喊女儿和女婿周末回家吃饭。

周然上午去健身房了。岑蔚从家里直接过来,先去了一趟画室。

她有空的时候就会来看看,给以前的同事们送咖啡。

在那段难熬的日子里,这里也曾是治愈她的避世乐园。

同学们换了一批又一批,不变的是少年们身上的青春和朝气。

岑蔚一来就被他们拉着当免费的速写模特。她被空调吹得有些冷,借了一件同学的校服外套披在肩上。

462

周然来的时候，岑蔚正站在走廊里和吴老师说话。

阳光透过窗户照进来，听到脚步声，她缓缓地抬起头。

今天岑蔚扎了高马尾，戴着一副眼镜，没化妆，只涂了一点儿口红，宽大的校服外套是万年不变的蓝白色。

光影交错间，她的脸一点点变得清晰。看见来的人是他后，她笑着招了招手。

胸膛里的心脏跳动着，周然顿了顿脚步，屏住呼吸，重新迈步。

他一时有些恍惚。

"那我先走啦。"岑蔚和吴老师挥手告别。

"有空再来。"

"好。"

岑蔚朝周然小跑过去："你来啦？"

周然"嗯"了一声，看着她身上的外套问："这是从哪里来的？"

岑蔚低下头："哎哟，我差点儿忘了。"

她脱下外套，走进教室里，把它还给那位同学。

"我刚刚坐在那里有点儿冷。"

"哦。"周然点点头，摸了一下鼻子。

岑蔚看了看他，问："你的脸怎么这么红？"

周然抚着脸颊回答："外面热，脸被晒红了。"

岑蔚绕到他的面前："你怎么啦？"

周然摇摇头："没怎么呀。"

他的谎言被岑蔚一下子识破了。

"好吧。"周然深吸一口气，干咳一声，压低声音说，"我好像发现我奇怪的癖好了。"

"什么？"岑蔚问完就反应过来了，惊讶地用手捂住张大

463

的嘴。

她低声骂道:"你这个变态居然喜欢清纯的女生?"

周然板着脸严肃地否认:"不是。"

他支支吾吾地补充完后半句话:"是清纯版的你。"

岑蔚:"……"

烈日当空,蝉鸣阵阵,两个人到家时脸都被晒得通红。

祝樾还在医院里上班。岑悦彤觉得他们俩之间的气氛有些诡异,拉过岑蔚悄悄地问:"你们吵架啦?"

岑蔚摇摇头:"没有。"

岑悦彤说:"没吵架就好。"

周然被岑烨叫进房间里。岑烨让他帮忙把洗好晾干的空调滤网安装在空调上。

"哎。"岑蔚小声问岑悦彤,"咱俩高中时候的校服还在吗?"

岑悦彤感到奇怪,问:"你要校服干什么?"

岑蔚随口搪塞:"怀念青春。"

岑悦彤说:"不在了吧,都过了多少年了?"

"哦。"岑蔚又感到后悔和羞耻——她在干什么?

岑悦彤突然若有所思地"哦"了一声,扬起一个暧昧的笑容,用胳膊肘撞了撞岑蔚:"我懂了。"

岑蔚指着她说:"你别想歪了。"

"我没想歪呀。"岑悦彤抓住她的手,把它按下去,"是你想歪了吧?"

顾可芳在喊"开饭了"。岑悦彤从沙发上站起身,笑着"哼"了一声,说:"小两口挺会玩。"

"啧。"岑蔚咬着牙说,"我都说了,让你别想歪。"

岑悦彤敷衍地点点头:"好好好。"

当天晚上,岑蔚在购物软件上下单了一套学院风的制服。

她都过了三十岁了,也算是豁出老脸去了。

上次他们一起去山城出差时,岑蔚不知道纪清桓又给周然安排了什么任务,这两天他的应酬又多了起来。今天他说要去见一个投资人。

他不回来吃晚饭,岑蔚就去爸妈家吃饭。有时候她去岑悦彤那儿,顺便去楼下陪陪周然的父母。

杨玉荣总说岑蔚才是亲女儿,她知道经常来看看他们。周然是外人,一个月都来不了几次。

最近心橙和五岳联名合作,做了五款双层玻璃杯。杯子的外层有对应的烫金诗句,顾客往杯子里倒入有颜色的饮料后,内层蜿蜒起伏的山川造型就会浮现出来。

岑蔚早上去工厂看产品打样出来的效果,回到公司楼下时,时间已经到了中午。她累得只想坐下休息,让彭皓吃饭的时候顺便帮她打包一份。

格子间里空空荡荡,大家应该都出去吃饭了。

自动玻璃门缓缓地打开,岑蔚抬眸看见周然正从过道里走过来。他的旁边是一位她没见过的年轻女人,女人气质不凡。

两个人在说着什么话,脸上都挂着微笑。

周然也看见岑蔚了,朝她抬了一下眉。

"那我们下次再聊。"女人说,"红酒好喝的话,下次我再帮你带。"

周然颔首:"好,再会。"

把女人送到电梯口那里,周然走回公司。岑蔚还抱着双手站在那儿。

"你回来了?你吃饭了吗?"

岑蔚没回答,往前迈了一步,伸手整理了一下他的领带夹,问:"你很喜欢喝红酒吗?"

周然回答:"还行。"

岑蔚握着他的领带,向他前倾身体,周然下意识地往后退,后腰抵上了办公桌的挡板。

"还行?"岑蔚把他的领带向下拽,"那怎么老是有女人给你送红酒呀?"

"哪里有'老是'?"他一共就被女人送过两次红酒,这两次还都被她撞见了。

领带被她拽着,周然被迫弯腰低头,解释:"她是投资人的女儿,今天来跟我谈事情。"

岑蔚没好气地问:"到底她是投资人还是你是投资人?哪里有投资人来送礼的?"

周然说:"你今天的火气怎么这么大?"

岑蔚提高声音说:"我问你话呢,你少打岔。"

余光瞥到了人影,周然往旁边瞄了一眼,清清嗓子,咳嗽了一声。

"你回答不上来了?她找你到底是谈公事还是谈私事呀?"岑蔚越说越气。她一想到自己一上午灰头土脸地在工厂里被太阳晒得脱妆,而他和美女投资人在办公室里聊红酒、聊人生,就怒火中烧。

周然眨眨眼睛,轻声说:"他们回来了。"

"谁……"岑蔚睁大眼睛,松开手,转过身,看见员工们一个个并排站在门口。他们表情呆滞,进也不是,退也不是。

岑蔚急中生智,开口说:"周总的领带歪了,我帮他整理一下。"

大家齐刷刷地看向周然的领口,领带被扯松了、攥皱了,耷拉在他的胸前。

她的解释毫无说服力。

岑蔚想原地消失。

周然一如既往地淡定，重新整理好领带，若无其事地走到岑蔚的身边，把她拉到自己的身后，知道她这会儿没脸见人。

岑蔚今天没穿高跟鞋，两个人的身高差了不少。她躲在他的身后，几乎完全被他挡住。

吃瓜群众集体倒吸一口气。

"没什么好藏着掖着的，岑总监是我招进公司的，人也是我主动追到手的。之前我们不公开关系是因为她不希望大家另眼看她，今后我也希望你们一切照旧。"周然牵起岑蔚的手，说，"我先把她带回办公室了。她脸皮薄，你们要讨论就小点儿声说话，也别拿这件事打趣她。改天我请大家喝下午茶。"

说完话他就把人牵走了，也不回头，步伐坚定。

他的神情还是和他平时训他们时的神情一样，但他又能很自然地说出这些话。

不知是谁先尖叫了一声，引起一片沸腾的喧闹声。

这一天，办公室里的员工发现了两个惊天的秘密。

第一，被他们喊了大半年的姐夫，其实就是总裁办公室里的那个人。

以及，他们家的老板是"妻管严"。

第十八章
七月流火

岑蔚在周然的办公室里一直躲到他下午要参加的第一场会议开始。

其间彭皓来送午饭，周然开门接过午饭。

彭皓在附近的店里吃牛肉面的时候，微信群里就热闹得像要爆炸了。他看完聊天记录，又多往岑蔚的炒面里加了一份煎蛋。

他决定以后要更加用心地替自己的上司办事。

也有人对这件事根本不惊讶，除了苏晚忆，陈遐也早就知道了岑蔚和周然的事。

他们俩刚在一起没多久时，周然就找过她。

她在人事部任职这么多年，倒也不是没见过一个公司里的男女谈恋爱，但还是第一次见老板来报备恋情，也觉得稀奇。

岑蔚坐在沙发上，捧着打包盒对周然说："我想过很多种公开关系的方式，万万没想到咱们会用这种最丢脸的方式。"

周然给她倒了一杯水，安慰她："这样总比咱们被人撞见在办公室里亲吻好，也不算丢人。"

岑蔚咬了一口鸡蛋，一着急，口齿不清地喊："我什么时候在办公室里和你亲吻了？"

周然说："我只是打个比方。"

想想还是觉得刚才好丢人，岑蔚担心地说道："以后他们肯定得防着我了。"

"为什么？"

"他们怕我给你吹枕边风呗。"

周然突然"扑哧"一声笑起来。

岑蔚抬起头："你笑什么？"

周然收敛笑意，回答："我就是想起来，之前我要找你当设计师，纪清桓让我小心，让我别招来一个'妲己'。"

岑蔚刚想发火，又想起两年前的抄袭风波，站在当时纪清桓的角度看，这句话没毛病。

她用筷子夹起青菜，问周然："好的设计师那么多，那时候你干吗非要找我？"

"我相信我的眼光。"

"他们是不是都很反对你找我？"

"也没有很反对。"

"那你后来是怎么力排众议的？"

"我说祸国殃民的从来只有纣王。"

一问一答间，岑蔚的心情回春了。她重新勾起嘴角，嘀咕："你还挺有担当的。"

走回自己的办公室里时，岑蔚一路目视前方，坚决不往旁边多看一眼。

员工们也记得老板的叮嘱，工作时间里一切如常。

下午设计部的人要开一个会,岑蔚估计得加班,让周然先回家做饭。

两个人是通过电话联系的,没避开下属。但员工们以前不知道电话那头是谁,现在一个个伸着脖子观察岑蔚的表情,生怕错过一点儿八卦材料。

"好,知道了。"岑蔚放下手机,再抬眸时正好捕捉到他们扭头并移开目光的动作。

她忍不住勾了勾嘴角,装作没看见,发话说:"我们继续吧。"

他们开完会,时间已经到了七点多,外面的天还亮着。同事们提议一起去吃顿饭再回家。

"我就不去了。"岑蔚今天要请客,让彭皓吃完饭把账单给她。

"姐,一起吃呗。"

"不了,你们去吧。"她放轻声音说道,"你们的老板在家里等我呢。"

大家异口同声地说:"哦——"

岑蔚一回到家,粥粥就摇着尾巴从客厅里跑过来。

周然在厨房里,穿着一身家居服,好像已经洗过澡了。

岑蔚走到水池边洗手,问:"你做什么饭了?"

周然说:"柠檬虾。"

"粥粥吃饭了吗?"

"还没。"

怪不得它绕着他们的腿打转。

岑蔚看见旁边有火腿丁和切好的葱花,问他:"你要炒饭吗?"

"嗯。"

"我来炒吧,你先去喂它。"

"行。"周然解下围裙,把它系到岑蔚的腰上并系好蝴蝶结,

470

又弯腰抱起地上的小狗，边走出厨房边问，"你饿不饿呀？"

粥粥叫了一声，像是真能听懂人话。

周然回家前去了一趟快递站，把岑蔚的几个包裹也一起拿回来了。

喂粥粥吃完饭，他走到玄关的旁边，拿起小刀准备拆开包裹。

他提高声音朝厨房里的人喊："我先帮你把快递拆了呀？"

岑蔚应道："行。"

把火腿丁倒进锅里后，她才猛然想起自己买了什么东西，拎着锅铲慌张地翻炒了两下，赶紧关了火跑出去。

周然正在整理包装袋和泡沫纸。岑蔚买回来的那套衣服躺在沙发上——白色的衬衫，浅蓝色的格子裙，还有一个配套的领结。

她深吸一口气，闭了闭眼，把蛋炒饭端到餐桌上，对周然说："吃饭了。"

"来了。"

岑蔚脑子一热，开口解释："那是我给我妹妹买的衣服。"

周然"哦"了一声，像是信了她的话。

岑蔚刚要松口气，就听见他问："哪个妹妹呀？"

岑蔚："……"

周然又问："岑小蔚还是岑蔚蔚？"

岑蔚解开腰上的围裙，把它团成一团朝他砸过去。

某人再也憋不住，勾起唇角笑出声来。

"你放心，我绝对不会穿那些衣服的。"

周然点点头："行。"

岑蔚拉开椅子坐下，没等他，自己先吃了起来。

"你给我盛了这么多饭？"周然坐到她的旁边。

"我把剩饭都炒了。"

"我匀一点儿饭给你吧。"

岑蔚伸手护住自己的碗:"不要。"

夏天到了,她最近胃口不佳,饭量变小了,不知道是不是苦夏的原因。

"对了。"岑蔚把手机打开并递到他的面前,"汤璨给我发了几张图,你看看你喜欢哪一种风格。"

周然是个直男,对室内装修没兴趣,也没有什么审美的品位,浏览完图片,问:"你喜欢哪种风格?"

岑蔚纠结着说道:"我倒是挺喜欢这种原木风的,但就怕太样板房,还是希望颜色能多一点儿。"

周然放下手机,重新拿起筷子:"你定就好了。"

看他对此态度敷衍,根本就不上心,岑蔚拉下脸,把第一个字咬得很重,说:"你的房子。"

周然没有犹豫就回应:"你的家。"

岑蔚突然说不出话,拿起桌上的手机,低下头:"我再看看。"

吃过饭她上楼洗澡,让周然收拾碗筷。

岑蔚把头发吹干,拍着爽肤水走出浴室。

周然上来了,手里拿着她买的衬衫和格子裙。

岑蔚警惕地看着他,问:"你干什么?"

他说:"你总要试试衣服合不合身吧。"

岑蔚双手交叠抱在胸前:"我说了,不会穿的。"

"那我帮你穿。"

岑蔚眯了眯眼,想跑,但被周然揽着腰拽进卧室里。

她被他堵在衣柜前,无路可逃,只能放软声音求饶:"别。"

周然低头吻住她的唇瓣,温柔地诱惑她:"后天我要出差。"

"你要去哪儿?"

"洛城,估计我得去五六天。"

岑蔚"啊"了一声。

周然挑起她睡裙的衣带,凑近她说:"所以呀……"

周然扣完最后一颗扣子时,她的脸已经涨得通红。

岑蔚平时喜欢用偏烫的热水洗澡,洗完澡,白皙的皮肤上总会留下几道红印。

她刚洗过澡,里面什么也没穿,皮肤在轻而薄的白色衬衫下泛着红。

她被周然抱到腿上,格裙散开,褶痕歪歪扭扭的。

空调吹着二十四度的冷风,彼此的呼吸却在此刻一点点地升温。

"你把头发绑起来好不好?"

岑蔚抬头看了看,从床头柜上找到一根头绳,胡乱地扎了一个马尾。

今天周然格外喜欢亲她的后脖颈,一下一下地亲,不厌其烦。

最后,她还完完整整地穿着衬衫和格裙,只是它们都皱得没法看。

周然问她:"重返十八岁的感觉怎么样?"

岑蔚闭着眼"哼"了一声:"我十八岁时不干这种事。"

周然这次出差要带的行李是岑蔚收拾的。

算上往返的路程,他这次出差要一周。洛城时常有高温天气,岑蔚给他拿了一瓶防晒霜,叮嘱他千万要记得涂防晒霜,就怕他晒黑。

"放心,我肯定都在室内待着。"周然想把她从地板上拉起来,说,"我自己收拾吧。"

岑蔚蹲在原地没动弹:"让我来嘛。"

以前也都是周然自己收拾行李,不知道她为什么突然心血来潮。

"好吧。"他没再管岑蔚。

过了一会儿,岑蔚问他:"你的身份证呢,在哪儿呀?"

周然说:"好像在我的床头柜上。"

岑蔚起身走向二楼的卧室,没在他说的地方找到身份证。

她蹲下,拉开抽屉,想看看身份证在不在里面。

她搬进来住了这么久,还没打开过周然这边的床头柜。

里面都是一些杂物,岑蔚翻了翻,手指碰到一个小方盒。

她瞥了一眼盒身上的品牌名,整个人倏地僵住。

卧室外响起周然的脚步声,他问:"你找到了吗?"

岑蔚迅速关上抽屉,回答:"没。"

周然走进卧室里:"那天我去了一趟银行,估计身份证在那件外套的口袋里。"

岑蔚的神色很快恢复如常。她问他:"哪件外套?"

周然打开衣柜的门,取出一件西装,摸了摸口袋,从里面拿出自己的身份证:"果然在这里。"

岑蔚说:"你去把它放好,明天别忘了带。"

"哦。"

第二天,岑蔚开车送周然去机场,回家后的第一件事就是拉开他床头柜的抽屉。

她知道不应该这样做,但还是忍不住好奇。

戒指的款式很简单,但低调中不失奢华,玫瑰金的窄圈上镶着三颗小钻石。

岑蔚用力地提起一口气。哪怕她在打开盒子前就猜到了里面的东西是什么,这会儿大脑还是有点儿短路。

她知道现在应该合上盖子,把小方盒放回去,然后假装自己什么都没看见。但她忍不住取出那枚戒指,缓缓地套在左手的无名指上。

把戒指戴到一半时，看着指圈中剩余的空间，岑蔚预感到事情有些不妙。

她完全把戒指推到指根处后，心情瞬间落回谷底。她长叹了一口气。

到底是什么样的笨蛋男人才会把求婚戒指买大呀？

为了不让到时候的场面太尴尬，隔天下午岑蔚和董依纯逛街时，带着戒指去了品牌专柜。

岑蔚把戒指盒递给店员，问她："要是不能换戒指，你看看能不能帮我改一改尺寸？"

店员拿起戒指看了看："我可以帮你在里面垫一个圈，把它改得小一点儿，你带发票了吗？"

岑蔚摇摇头，已经把周然每件外套的口袋都摸过一遍了，还是没找到发票，不知道他放到哪里去了。

店员说："没发票的话事情有点儿难办，你都没怎么戴过这个戒指吧？它没怎么被磨损。"

"嗯。"岑蔚笑了笑，"这是我男朋友买来的，他打算向我求婚。"

"求婚？"店员挑了挑眉，又举起戒指仔细地看了看，"这是他刚买的吗？"

岑蔚回答："应该是。"

店员感到奇怪，问："但这是我们 2018 年的款式呀，是 predestined（注定的）系列的对戒。"

岑蔚有些蒙，问："2018 年？"

董依纯在旁边说："老款比较经典嘛，说不定他就觉得这个适合你。"

店员笑着摇摇头："不是，我是想说这个系列的戒指当时卖得很好，早就断货了，他是怎么买到的？"

岑蔚问："现在买不到吗？"

店员说："应该很难买到。"

董依纯挠挠头发："什么意思，周然买到假货了？"

店员说："这倒不像，你们可以放心。"

董依纯又猜测："他不是给你买的吗？还是他给你买二手的戒指呀？"

岑蔚不假思索地反驳："不可能。"

"那……"

岑蔚拿起戒指，戴到无名指上。它也不是那么不贴合她的手指，只是她抬手间总觉得它会脱落。

到底是指圈偏大，还是她的手指比以前细了一些，所以戒指才不合适的？

岑蔚没有发票凭证，专柜没办法提供后续的维修服务。

董依纯说她认识一个靠谱的珠宝维修师。她的一个朋友怀孕后要把婚戒的尺寸改得大一些，就是找的那家店。

岑蔚把戒指送过去，付了加急的费用，怕周然提前回来。

两年前她以家里人催婚为借口，向他求助。

他当时想的办法是"娶你"。

然后这家伙真的跑去买了戒指。

那会儿岑蔚觉得两个人充其量只是处于暧昧期，但他居然已经能做出这样的决定。

她想了想，周然确实就是这样的人，不说空话，不谈未来，不做虚无缥缈的承诺。他被调回山城，两个人终于走到一起。他给了她新房的门禁卡，把每一步都走得稳稳当当。

也正是因为他的负责、他的包容、他的稳重，她才被爱得踏实，才有安全感。

岑蔚感到眼眶发热，放轻呼吸，用手扇了扇风。

从店里出来后，岑蔚和董依纯找了一家路边的咖啡店，打算喝下午茶。

她们聊起这回事。董依纯说："我现在想想，其实他那会儿对你的喜欢也挺明显的。他帮你搬了一年的语文试卷，还每天跑到你家门口送吃的东西，但你就是没发现。"

岑蔚用吸管捣着玻璃杯里的气泡水，感叹道："还好我现在知道了。"

董依纯用一只手托着腮，看着她笑："就等着他快点儿来向你求婚了，你到时候千万要装得惊喜一点儿呀。"

岑蔚边笑边点头："我肯定会展示奥斯卡级别的演技。"

回家之前，她又去了一趟商场里的专柜。

岑蔚翻了日历，圈出所有周然可能在那天求婚的纪念日或节日，还向爸妈和岑悦彤打听过这件事，想让他们透露一点儿风声，自己好提前准备一下。可他们都说自己什么都不知道。

他们在一起两百天的纪念日在八月四号。周然订了上次他们没去成的江景餐厅。

岑蔚觉得他应该就是在这天求婚了，下班后回家换上了浅绿色的长裙，穿上新买的高跟鞋，戴上周然送给她的项链。

为了到时候戴上戒指能显得好看一些，她前两天还特地约同事去做了亮闪闪的碎钻美甲。

"走吧，我收拾好了。"岑蔚用一只手拎着新高跟鞋，用另一只手提着裙子，从二楼走下来。

周然闻声抬眸，忍不住"哇"了一声，打量着她说："你今天怎么这么漂亮？"

岑蔚捋了捋头发，抿起唇，压住嘴角。

她扶着周然的胳膊穿上了高跟鞋，说："你帮我把包拿过来。"

周然走回客厅里,从沙发上拿起她的肩包递给她。

怕待会儿场面会很混乱,自己忘了送给他礼物,岑蔚先把周然的礼物递给他。

周然在看到盒子的一瞬间展颜笑了:"我就知道你要送手表。"

他戴了好多年的那块机械表,好几次拿着它去校准时间。他前两天还想着要不要买一块新手表,又怕岑蔚会送给他手表,所以就暂时打消了买手表的念头,没想到自己猜得这么准。

岑蔚打开盒子,把新手表取出来给他戴上。

周然说:"你的礼物……"

"嘘。"岑蔚急急地打断他,"你先别说。"

"行吧。"周然点点头。

到了餐厅,他们在预定好的位置坐下。

七点多太阳还没下山,这家店处于两条江的交汇处,窗外江面辽阔,游轮缓缓地行驶在江面上。城市华灯初上,天空中散落着点点繁星。

他们在这样的西餐厅里吃饭,环境和氛围最重要。他们对于菜品都兴致缺缺。

服务员把甜品端上来时,岑蔚的心都提到了嗓子眼儿。

盘子里装的是栗子蛋糕,她握着叉子,不能吃得太快、太着急,只能耐着性子一小口一小口地把蛋糕往嘴里送。

"等等,这上面好像有杏仁片。"周然抬头招了招手,喊服务员过来。

看着面前的蛋糕被端走,岑蔚呆滞地眨眨眼睛。

过了一会儿,服务员重新端上来一份冰激凌松饼。岑蔚彻底蒙了,冰激凌松饼一览无余,他能把戒指藏在哪儿呀?

岑蔚抬起头问周然:"所以我的礼物是什么?"

周然说:"在你的衣柜里,回家后你自己看。"

其实今天换衣服的时候就看到了那个购物袋,岑蔚问:"是包吗?"

她没来得及掩饰自己的心情,说这句话的语气里透出满满的失望。

周然点点头,小心翼翼地问:"你不喜欢吗?"

岑蔚翘起嘴角,露出一个灿烂的笑容,用力地点头,说:"喜欢,当然喜欢。"

也许是两百天的纪念日还不够有意义,岑蔚告诉自己别急,该来的总会来。

到了七夕节的那天,周然和她一起去了电影院。

周围都是成双成对的情侣或夫妻。他取出票,对岑蔚说:"咱们要不要在家里做一个影音室?"

岑蔚现在哪里有心思和他聊这个话题?她随口说:"都行。"

她看过很多男生在电影院里求婚的视频,入场时装作无意地环顾着观众席——一般来说,现在下面坐着的可能都是他们的亲朋好友。

"你在找谁呢?"周然看见她在东张西望。

"啊?没有哇。"岑蔚收回目光,咬着嘴唇暗自苦恼,观众席上怎么都是陌生人?

他们看的电影叫《我在时间尽头等你》,是典型的青春爱情片。大致内容是男主为了拯救自己的爱情穿越时空回到过去,却总是被命运捉弄。

影院里的空调吹着冷风,岑蔚还喝着冰饮,搓搓手臂,吸了吸鼻子。

周然突然抬起胳膊,要从裤子的口袋里拿什么东西。

岑蔚立刻挺直了背,屏息凝神,看似还盯着大银幕,其实全把注意力放在了旁边。

"你哭了？"周然把一包餐巾纸递给她。

岑蔚低头看着那包餐巾纸，愣了整整两秒。

"没有。"她接过餐巾纸，抽出一张纸擦了擦鼻子，然后用力地把它团成一团攥在手心里，深吸了一口气。

这一个月，岑蔚每天早上都化妆打扮，生怕他出其不意地求婚。

可周然每天还是和以前一样，没露出一点儿马脚。是他把这件事藏得太好了吗？

山城下了几场雨，天气开始转凉，马上就要到秋天了。

心橙的人最近在策划开办城市限定快闪店，周然上次去洛城出差也是为了这件事。他们选中了全国五个具有代表性的旅游城市，想结合当地的环境和人文特色开办街头快闪店，目前已经把事情谈好了一半，周然下周又要去鹭城出差。

工作上的事一多，岑蔚也无暇顾及其他事了。反正跑得了和尚也跑不了庙，她只能安慰自己无须着急。

接到家里人打来的电话时，周然还在鹭城，没办法立刻赶回去。

小姑突然昏倒了。岑蔚一下班就开车赶到了医院。周然的家人都在这里。

杨玉荣让她带爷爷奶奶去吃饭并把他们送回家。

今天杨玉荣和周建业留下来守夜。岑蔚回医院之前打包了一份粥和几种点心。

她轻手轻脚地走进病房里，喊："阿姨。"

杨玉荣应了一声，接过她手里的打包袋。

小姑躺在病床上，正闭眼安睡。

"辛苦你了呀。"杨玉荣对岑蔚说。

岑蔚摇摇头："叔叔呢？他吃饭了吗？"

"他出去抽烟了,没事,我一会儿给他留点儿饭就行。"

岑蔚给她倒了一杯水,问:"医生是怎么说的?"

"周然的爸爸和他聊过,我也不懂。"杨玉荣把声音压低了一些,"我听那些话,情况好像不太好。"

小姑的癌症复发了。岑蔚去走廊里给祝樾打了一个电话。他今天正好值班,有空就立马过来了。

"姐夫。"岑蔚站在病房门口向他招招手。

祝樾走过来,伸出手说:"把病历本给我看看。"

周建业把收好的一沓检查单全都递过去。

"她这么年轻啊?"祝樾有些惊讶地说。听岑蔚说是周然的小姑癌症复发,他还以为周然的小姑怎么都得有四五十岁了。

周建业说:"上次她就一直说不想治了。"

祝樾翻看着手里的纸张,皱紧了眉头:"有时候咱们确实也得尊重病人的想法,那种痛苦真不是一般人能受得住的。"

周建业叹了一口气。

回办公室之前,祝樾单独把岑蔚拉到一边,对她说:"我记得老白有一个导师就是研究这种病的,你要是不方便去找他,我帮你问问他。"

岑蔚点点头,说:"谢谢姐夫。"

"都是一家人,不用客气。"

周然一下飞机就先去了医院。那天小姑醒了之后,任家人怎么劝都不肯住院,不愿意继续治病。

他们几个人都劝不动小姑,只能等着周然回来。

姑侄俩在病房里说了好久的话。周然出来时眉眼间蒙着一层浓雾,声音也是哑的。

他说了一句"带她回家吧",就去办出院的手续了。

第十九章
完整意义

周然进病房之前，态度还是很坚决的，只有生才有活，没有什么比活着更重要。

但周展后来对他说了一句话。

"我不知道下辈子什么样，但已经把这辈子看到头了，你别拦着我去找新生。"

她不说"死"，说"新生"。

这让周然没法再劝她了。

杨玉荣和李明英在病房里收拾东西。周展被周建军从病床上抱下来。

他开玩笑说："你结婚的那天是大哥把你抱下楼的，我没机会，今天换成小哥抱你。"

岑蔚在走廊尽头的窗户边找到了周然。男人背对着她，站在暗处，用手指夹着一根烟。

白天下了雨。傍晚五六点时又出了太阳，阳光灿烂。

岑蔚站在原地等了一会儿，才走过去喊他。

"阿姨说都收拾好了。"

周然回过身，掐灭烟头。

岑蔚没去看他脸上的表情，只是张开双臂抱了他一下，说："走吧。"

家人们聚在老房子里的时间又多了起来。他恍惚间觉得好像回到了小时候。

那时候兄弟俩都还没搬出去住，一大家子人都住在一起。

周然每天放学回来时，奶奶一定准备好了点心。他坐在客厅里看电视，等着大人们一个个下班回家。

妹妹比他小了三岁，但从来不和他抢遥控器，无论戏曲频道还是新闻联播都能跟着看下去。

周然上小学时沉迷于看武侠剧，看《天龙八部》《倚天屠龙记》《笑傲江湖》。那个年代的打戏都是用真刀和真枪拍的，干脆又利落，不像现在的仙侠剧，有了特效的加持主角们站着用手比画两下就成了招式。也许这样的打戏看起来美观，但不再能让人看得过瘾。

那会儿厨房里会传来切菜和炒菜声，小姑也还在上学，回家后肯定会和奶奶吵架。杨玉荣和李明英夹在中间，总是负责打圆场。

那是周然能想起来的最清晰的回忆了。他们家是典型的男主外女主内。他是被这个家里的女人们带大的。

最近，岑蔚和周然一下班就会回到爷爷奶奶家里吃饭，晚上他们围在一起聊家常。

小姑会在旁边听他们聊天，但很少说话。

除了他们，她不愿意见别人。

家里总是热闹的，周以也结束学业回国了，现在在申城的一所大学里当老师。

小姑和她通话时，状态会比平时好一些，也笑得更多。

她们俩长得像，小时候总是会被当成姐妹。

周然告诉岑蔚，小姑把自己的遗憾都寄托在周以的身上了。

看着周以替她做到了"展翅高飞"，她高兴。

"周以上大学的时候说想出国读研，家里人一开始都不同意，觉得女孩子嘛，读那么多书、跑那么远干什么？小姑是第一个站出来支持周以的人，说自己就是笨，听了他们的话不想念书，早早地出来赚钱等着嫁人、生孩子，结果现在吃了这么多亏。她差点儿把自己用作嫁妆的钱都拿出来，小叔才点了头。"

周然说："我就是从那时候起突然明白为什么周以后来那么讨厌我了。明明她小时候挺喜欢我的，天天跟在我的屁股后面跑。她可能也不是讨厌我，是讨厌很多事吧。我做那些事是顺理成章的，换成她们，那些事就成了没必要也不值得做的。"

岑蔚点点头："是呀，我每次和亲戚一起吃饭时，哥哥弟弟们被问的问题总是一年挣多少钱、工作怎么样，我们就总是被问什么时候结婚、打算什么时候要孩子。明明我也把事业做得挺厉害的，怎么就没人关心我的事业呢？"

周然说："我关心。"

岑蔚笑了，说："你是我的老板，你当然关心。"

这几天回到家后她都筋疲力尽，周末也只想躺着，什么事都不想做。

粥粥被她送回家了。岑蔚实在没有多余的精力照顾它，让爸妈先养着它。

周然比她更累，明天又要去总部出差，开办快闪店的方案马上就要进入实地筹备环节了。

这一晚他们不到十一点就睡觉了。岑蔚迷迷糊糊地被吵醒,听到周然在打电话。

他掀开被子下床,说:"我知道了,马上过去。"

岑蔚眯着眼睛打开床头的小夜灯,问他:"怎么了?"

"小姑……"他只把话说到一半,又说,"我过去看看。"

前两天小姑突然变得很有精神,说了很多话。

周建业悄悄地告诉周然:"估计就这两天了。"

岑蔚也跟着起床,现在是凌晨两点多,周建业这会儿打来电话肯定是因为情况不好。

走下楼梯后周然看到玄关旁的行李箱,扶着额头叹了一口气,忘了自己早上还得飞去蓉城。

岑蔚问他:"你能请假吗?"

周然没回答。他前后忙了近两个月,现在不能不管这个方案。

岑蔚经历过办白事,知道那几天会有多辛苦。周然要好好地送走离去的人,也得小心照看着留下来的人。

他现在是家里的顶梁柱,不能不回家。

岑蔚当机立断,帮他做了一个决定:"这样,你先回家,明天我替你去见客户。"

周然皱眉,不认可这个办法:"你怎么替我去呀?"

他不是不相信她的能力,但岑蔚从来就没应酬过,不是做这方面工作的人。

岑蔚试图说服他:"我从头到尾看着你做了这个方案,别人不会比我更清楚,不就是找那些商场要店面吗?反正还有沈沁在,小苏也能帮我。"

周然握了握拳,放不下心,但一时确实也找不到更好的人选替他去见客户。

"有什么事,你立刻给我打电话。"

岑蔚点点头，说："我先把行李收拾了，天亮后我和小苏说一声你家里有事。"

出门前，周然把她抱在怀里，亲了亲她的额头。

"谢谢。"

岑蔚拍了拍他的背："你有什么事也立刻给我打电话。"

奶奶今天半夜里突然惊醒了一次，然后怎么也睡不着。

她以前从来不会这样，今天夜里总觉得心里发慌，就起身去小姑的房间里看了看。

她轻轻地喊了一声"采虹"，没有人回应，也许因为小姑睡得沉。

奶奶一小步一小步地走过，摸了摸小姑的手，那只手已经没温度了。

小姑是在睡梦中走的。

这是不幸中的万幸，她不会觉得疼，没有痛苦。

周以也从申城赶了回来，之前家人没告诉她小姑的病到底有多严重。他们总觉得那天还不会来，至少那天不该是明天。

可它就这么忽然而至。

周然一晚没合眼，早上联系完殡仪馆，爷爷又捂着胸口喊心脏疼。周然把人送到医院后，去机场接周以，开车就算是短暂的休息了。

兄妹俩好久没见面，长大之后关系也不亲近了。

周然站在机场的出口，一眼就在人群中看到了拉着行李箱的周以。

他本来想抬手喊她，但看到了她的正脸，话堵在了喉咙口。他发不出声来。

早上妈和婶婶整理小姑的照片，要把照片拿去给入殓师看，他才发现自己都快忘了周以从前的样子。

现在周以朝他走过来，出落得这么漂亮，周然恍惚了一下，以为照片上的人活了过来。

他垂眸收回目光，等周以走近就转身迈步，连招呼都忘了打。

走到停车场里，周然调整好情绪，问周以："你吃饭了吗？"

"我在候机的时候吃了一碗面。"

周然点点头。

他开车回家的路上，家人打过来电话，让他带两盘蚊香回去。

周然停好车，把钱给了周以，让她下车去买蚊香并帮他买一盒烟。

岑蔚叮嘱过让他少抽点儿烟，但他一晚上没睡觉，心里又乱得很，实在打不起精神。

一根烟燃尽，他觉得自己有了一些精神，重新发动汽车上路。

回到家没多久，他又被叫去医院接爷爷奶奶。

路上他去心橙的门店里买了咖啡和三明治，刚刚听到周以说想喝咖啡，估计她也是凌晨就被吵醒了。

到家后周然喊周以出来帮忙拿东西，顺便把咖啡递给她。

她看着那个纸袋，有些发愣。

周然说："这不比你的星巴克咖啡难喝。"

周以撇撇嘴，从袋子里拿出咖啡，看了看纸杯的包装，问："这是你们公司的咖啡？"

"嗯。"

周以评价："杯子挺好看的。"

周然勾了勾嘴角，心想：包装是你嫂子设计的，能不好看吗？

家里来了许多亲戚，兄妹俩都嫌屋里吵，不愿意上楼，宁愿待在周然的车里。

周以吃着三明治，开口问他："我听大伯母说，你有女朋友啦？"

"嗯。"周然从手机屏幕上抬眸，转头看向她，"你要看她的照片吗？"

周以点头："要！"

周然的脸上终于有了柔和的笑意。他打开相册，给周以看岑蔚的照片。

周以挨个儿把照片看了一遍，挑了挑眉，惊讶地说道："原来你喜欢这样的女生。"

周然问："什么意思？"

周以回答："她和学姐完全不是一样的类型。"

林舞考研去了周以的学校，所以周以一直喊她"学姐"。

周然说："我认识她比认识林舞早多了。她是我的高中同学。"

"哦。"周以点点头，又猛地想起了什么事，问他，"她不会就是你暗恋的那个女生吧？"

周然愣了一下，诧异地说道："怎么连你都知道这件事？"

周以挠挠脸，告诉他："是大伯母发现的呀。她说整理你的房间时看到有一沓语文卷子被放得整整齐齐，觉得反常就翻了翻卷子，发现上面的名字都不是你自己写的，还说字迹那么秀气，觉得肯定是女生帮你写的名字。这是很久以前的事了，有这回事吧？"

周然眨眨眼睛，没承认。

原来他的那个秘密早就尽人皆知了。

"不过，她确实比学姐更适合你。"周以把手机还给周然，照片上的年轻女人有着明媚的笑容，温和无害，和周以的堂哥截然相反。

这句话让周然有了兴趣，他问："为什么？"

周以瞄他一眼，含糊地说了一句："老阴鬼就要配一个小太阳。"

周然没听清她的话,问:"什么?"

周以勾起嘴角重新说:"大灰狼和小绵羊不是绝配吗?"

周然笑了一声,说:"她才不是小绵羊。"

她是会咬人、会勾魂的女狐狸还差不多。

下午周然在车里补觉。周以在旁边戴着耳机看英剧。两个人安安静静的,互不打扰。

晚饭前兄妹俩才下车回到屋里,爸和小叔回来了。他们下午去了陵园,给小姑挑好了下葬的地方。

杨玉荣招呼他们俩去吃饭。男人和妇女及小孩分了两桌坐着。周然挨着周建业坐下,觉得周以和那些姐妹、姑姑和婶婶不太熟,刚要喊她,她就自己走过来了,坐在他旁边的空位上。

"小以,你去那边坐呀。"

周然替她回答:"没事,那里位置也不够,她就坐在这儿好了。"

亲戚们吃饭喝酒,依旧谈笑着,似乎这只是一次最寻常不过的聚会。

他们甚至回忆起了小姑当年那些英勇的事迹,说她这人是男儿心女儿身,说她一直都很有自己的想法,不知道这是好事还是坏事。

他们说这些事的时候,口吻都很稀松平常,没有什么悲伤或哀悼的意味。

周然坐着,没喝酒,偶尔夹两筷子菜吃,一言不发。

很快周以就成了话题的中心,叔伯们问她有没有男朋友,说等着喝小叔家的喜酒。她也快三十岁了,该结婚了。

周然转头看了周以一眼,想起了那天岑蔚说的话。

他这个妹妹从名校毕业，现在又在名校里任职，有着实打实的高学历，前途无量。

可对一个女人，大家最关心的问题总离不开婚嫁。她们的事业很少被提及。

因为不提，所以他们也总是意识不到，她们身上的价值还体现在聪明的头脑、坚韧善良的品性、出众的能力和不小的野心上。

她们不是只会贤惠、纯良、勤劳、顺从。

周以不善于应对这些话，只是微笑。

一盘芋儿鸡被端上桌，周然把一块肉夹到她的碗里，开口替她转移火力："我还没结婚呢，她急什么？"

说到这件事周建业就来气，瞪他一眼，骂道："你小子还好意思说？"

两个月前他和杨玉荣就旁敲侧击地问过他和岑蔚打算什么时候结婚。

周然只说还早，他们先以工作为重。

周建业觉得从来只有男人不愿意成家、不愿意被束缚，如果他不想结婚就别耽误人家姑娘。

周然也不反驳，每次都用一句"这种事要顺其自然"敷衍过去。

其实，他也不是不想提出结婚，而是还不敢提这件事。

第三天他们要送小姑出殡，天还没亮就得起床。

陵园的两边栽种着松树，清晨的山间弥漫着雾气。

他们去送骨灰盒下葬时，周然的耳边只有女人们哀哀戚戚的哭声。

周以捧着一束奇怪的花，绿叶上橘黄色的花瓣又细又长，像飞鸟的翅膀。

周然的脸上始终没什么表情，但他在心里为周展高兴。

490

她去找新生了。

这件事听起来应该是值得高兴的。

周然单膝跪在地上,把骨灰盒放进去。他在心里想:去飞吧,你现在那么轻盈自由,快飞去远方吧。

周以的学校里还有事,下午周然把她送去了机场,自己也立马动身赶去了蓉城。

按响门铃后,他听到门里传来由远及近的脚步声。

岑蔚开门后看见他,先是心虚地挤出一个笑容,然后张开双臂抱住他的腰。

周然捏捏她的脸颊,也弯着唇角:"事情没你想象中那么简单吧?"

岑蔚噘起嘴,跟他抱怨:"那真的是一群老狐狸。"

"你已经做得很好了。"周然低头亲在她的额头上。

"都是沈沁的功劳,我感觉我什么忙都没帮上,幸好有她。"

"哪儿有?没有你,我才不知道该怎么办呢。"

周然这三天就没好好地休息过,有黑眼圈,脸色也不好看。

岑蔚拍拍他的背,问:"今天你是不是一早就起来了?"

"嗯。"周然疲惫地叹气,"好累。"

岑蔚把他推到床边:"那你快去补个觉吧。"

"没事。"周然在沙发上坐下,"我也睡不着。"

岑蔚让他躺在自己的腿上,揉着他的太阳穴。

周然这两天闻多了烧纸的味道,现在鼻间萦绕的清香让他觉得心安。

他听到岑蔚轻声喊他:"然然。"

周然睁开眼睛,奇怪地看着她,对这个称呼感到不适应。

岑蔚问他:"小姑是一个什么样的人哪?"

周然一下子愣在那儿。

她说:"我一直忘了问你,认识她的时间又太短了。"

周然垂下眼帘,胸膛里的心脏颤了两下,感觉直往下跌。

岑蔚问的是小姑生病之前是一个什么样的人。

"嗯……"周然沉吟间,嘴角带上了浅浅的笑意。

他说:"她年轻的时候,一个接着一个地找男朋友。他们要么长得帅,要么有钱,也都对她不错,但最后她嫁给了一个最普通的男人。我还问过她为什么就选了这个人。她说也就只有他敢娶她了。后来两个人还是离婚了,小姑说她不爱他,和他过不下去日子,还对我妹妹说,将来千万别听家里人胡说八道,一定要找一个自己喜欢的男朋友,不然干脆就别嫁人。小姑还说男朋友最好又高又帅又有钱。"

"别人都说她潇洒,但我觉得也不全是。她也是撞过很多南墙,撞得头破血流了,明白了很多东西求不来,才看起来那么洒脱。"周然牵过岑蔚的手,放在自己的掌心里摩挲着,问她,"你小时候有没有特别喜欢的大人?"

岑蔚想到了某个人,点点头:"有。"

"我最喜欢小姑,她就比我大了六岁,跟姐姐一样,我要什么东西她都会给我。你知道的,小孩子总会喜欢那种有求必应的大人。"

"嗯。"

感觉到眼眶发热,周然用胳膊挡住眼睛,说:"可她是第一个走的。今天早上在陵园里,一想到家里的那些人,我……"

周然哽住了,没说下去,侧过身把脑袋埋进岑蔚的怀里。

岑蔚轻拍着他的背。

许久后,他低声说:"我好想回到小时候。"

岑蔚告诉他:"你们会再见面的。"

他在家里当了三天顶天立地的大人,回到她的身边后,却好像变成了一个小男孩。

周然起初觉得难堪,哪里有男人在自己的女朋友面前哭哭啼啼的?他太不像个男人了。

但岑蔚捧着他的脸,温柔的吻接二连三地落下。她每吻他一下都会叫一声"然然",周然真的没法再忍耐负面情绪了。

他紧紧地攥着岑蔚的手,用从来没有过的乞求一般的语气说:"你千万……千万……千万不要生病。"

岑蔚回应他:"知道了,我会一直陪着你的。"

周然还是太累了,渐渐地在她的怀里睡着了,呼吸均匀。

岑蔚拿了一件外套盖在他的身上,哪里也没去,就坐着等他醒来。

两个人的手还牵在一起,他睡熟后也没松开她的手。

隔天周然亲自和客户一起吃了顿饭,顺便对自己之前的缺席赔礼道歉。

他们顺利地和一家全国大型综合性商业广场建立了合作,届时五所城市都会在一楼的中心修建心橙快闪店,确保心橙有最大的曝光率和客流量。

岑蔚在蓉城待了四天,心中的大石头终于落下。

"事成还得靠你呀,周总。"她对周然说。

"这是你的功劳,我就是出个面。"

他们俩都如释重负,在回酒店的路上都觉得轻松了不少。

周然想起一件事,清清嗓子,装作不经意地说:"那个……周以这次回家已经开始被催着结婚了。"

"是吗?"岑蔚在低头看手机,随口接话,"她还不急吧。"

周然说:"对呀,我说说我还没结婚呢,她不用急。"

岑蔚从屏幕上缓缓地抬起头,眨了眨眼睛,仔细品味他刚刚的那句话。

"你什么意思?"她问。

周然摇摇头,回答:"我没什么意思。"

岑蔚问:"那你到底是急还是不急?"

"我……不急呀,现在这样也挺好的。"

岑蔚"哦"了一声。

周然抽空往旁边瞥了一眼。她面无表情地看着前面的路,周身的气压有些低。

周然咽了咽口水,觉得是自己踩到了雷区,选择不再多嘴。

等他停好车,岑蔚冷着脸解开安全带,从包里拿出一个东西,把它丢到他的怀里,拉开车门下了车。

周然低头看着手里的东西,那是一个小方盒,他很熟悉它的造型和品牌。他意识到里面装的是什么东西,大脑"嗡"了一声。

周然几乎是手忙脚乱地开门下车去追岑蔚的,抓住她的手腕说:"等等我。"

岑蔚被他拽着回过身,怒气冲冲地瞪他一眼,又委屈地撇着嘴。

周然很想保持严肃,但嘴角还是因为窃喜而控制不住地上扬:"你给我……给我买的?"

岑蔚带着火气瞪他:"不然我是给狗买的呀?"

他伸手把人抱在怀里,笑得恬不知耻:"你快帮我戴上。"

岑蔚"哼"了一声,接过戒指盒。

虽然想象中浪漫的画面全毁了,还是她先憋不住把这件事说出来的。但岑蔚还是决定把该说的话说给他听。

她把戒指缓缓地推到周然的无名指指根处,戒圈完美地贴合他的手指。这枚戒指像是为他量身定做的。

"遇到你之前,我从来不信这个世界上有与生俱来的爱,也很难相信有人会真的爱我。我是从出生起就被抛弃的小孩,是大人们犯错后诞生的恶果。但我又很幸运,有父母、亲戚和朋友,最重要的是我遇到了你。回头看看,我们已经有了很多种关系,当过同学、室友、甲方乙方,后来你又成了我的领导。但现在,我希望我们有一种更稳定、确切、密不可分的关系。"

两个人的手牵在一起,不知道是谁在发抖。

"我可以……"岑蔚提了一口气,重新开口,"你愿意……"

脑子里的词句打起了架,舌头也捋不直,她闭上眼懊恼地说道:"我没准备这一段说辞!我本来就等着说'我愿意'的!"

周然低声笑起来,伸手搂住她,亲了亲她的额角,把脸颊贴在她的脸颊上。

"知道了,这些话留着我来说。"

岑蔚找到机会,赶紧诉苦:"你知道我这一个月是怎么过的吗?我看见你床头柜的抽屉里有戒指,每天早上都猜你会不会今天求婚,都不敢不化妆。"

周然笑得更厉害了——她不说这件事的话,连他自己都快忘了那枚戒指。

"我就想啊,两年前你随口说要娶我,还能跑去买个戒指,怎么到今年就没这个觉悟了呢?难道你不想结婚了?"

"我没有。"周然牵着她的两只手。

无名指上的戒指有很强的存在感,他不知道要用多长时间习惯它的存在,说:"我是怕你不想结婚。"

岑蔚委屈地说:"我哪里不想结婚了?"

"姐和姐夫结婚那天,他们抢捧花的时候,我看你一点儿都不积极。"

岑蔚回忆了一下,有些哭笑不得,说:"那是因为濛濛那时候刚被渣男甩了,我们想安慰她,所以早就说好要把捧花留给她的。"

"啊？"知道真相后周然蒙了，"我还以为……"

岑蔚问："你就因为这件事，觉得我不想结婚？"

"也不全是。"周然移开目光。

岑蔚用眼神表达疑惑。

周然摸了摸眉毛，犹犹豫豫地开口："就是……景慎言跟我说过，你的前男友就是因为向你提了结婚，所以被你判了死刑。我一想，你和他在一起五年都没结婚，咱俩在一起的时间加起来都不到一年。"

岑蔚真是觉得又无语又好笑，问："景慎言为什么会告诉你那件事？"

周然不愿意再继续聊这个话题，说："不说了。"

停车场里空旷潮湿，他牵着她走进电梯里，语气里带着藏不住的得意。他说："反正我已经是你的老公了。"

岑蔚纠正他："是未婚夫啦。"

"好好，未婚夫。"

走廊里没有别人，走出电梯后，岑蔚对他说："这件事和我们在一起多久没有关系，得看人，看两个人的感情。所以我想，哪怕两年前你就对我说'我们结婚吧'，我也有可能答应你，因为要结婚的人是你。周然，因为是你。"

周然刷房卡开门，两个人进屋后关上门，分别默契地弯腰、踮脚，亲上彼此的唇。

暑气消散，天气要转凉了，他从此永远拥有春天。

这个吻十分温柔，持续的时间不短也不长，他们都喜欢用这样的方式接吻。

岑蔚被周然抱在怀里，两个人什么都不说，什么都不做，就听着彼此的呼吸声，满足又踏实。

他们原本打算下午回山城，但岑蔚说要带他去一个地方。

好在那家西装店还在原处，岑蔚推门进去，看见柜台后的男人，喊了一声："于老板。"

男人赶紧出来迎接她："哎哟，这不是岑老师吗？"

岑蔚之前还在景明的时候接过于远骞的单子，这家店的门店招牌就是她设计的。她之前也是从这儿买的送给周然的那身西装。

岑蔚挽着周然，向于远骞介绍："这是我的老公。"

两个男人握了握手，打了个招呼。

于远骞让助理去倒两杯水。

周然在岑蔚的耳边小声说："我不是未婚夫吗？"

岑蔚瞪他一眼，警告他别得了便宜还卖乖。

于远骞问岑蔚："你找我做西装？"

岑蔚点头："嗯，我想给他定制一套西装。"

于远骞打量了周然一眼，开玩笑说："他长得高腿又长，留下给我当模特吧？"

岑蔚不答应："你先帮我把西装做好再说。"

于远骞又问："急吗？"

岑蔚和周然对视一眼，回答："急倒是也不急，我是想让他参加婚礼的时候穿西装。"

"哦。"于远骞带着他们走进工作间里。他笑起来时眼角有皱纹，但这在他的脸上就是加分项了，是所谓的"熟男魅力"。

他说："那我还得祝你们俩新婚快乐。"

定制西装的流程细致而烦琐，他们得仔细地挑选面料、工艺和板型。

于远骞给周然量袖长时忍不住打趣岑蔚："岑老师，我们家的西装可不便宜呀。"

岑蔚捧着纸杯坐在沙发上，满心满眼都是她的新未婚夫，说："没事，我就是倾家荡产也得让我们家的新郎'艳压群芳'啊。"

周然看着她,眼角眉梢都带着笑意。

于远骞对他说:"她可真宠你。"

周然回答:"我有福气。"

他们在蓉城又多待了一天。老板打着出差的名号,光明正大地带着总监翘班。

回山城后,他们先去岑蔚的爸妈家里接粥粥。有一段时间没见它了,岑蔚把小家伙抱在怀里,感觉它胖了不少。

她抓着粥粥脖子后的毛,说:"看来你最近过得很幸福呀。"

到家后岑蔚把粥粥放到地板上,问周然:"吃什么晚饭?"

"都行。"周然说完,还没来得及换鞋就上楼去了。

他握着戒指盒回到一楼,二话不说就在岑蔚的面前单膝跪了下去,没给她留一点儿准备的时间。她还拿着粥粥的水盆。

粥粥没见过这种场面,不明所以地围着他们俩打转。

周然缓了一口气,对岑蔚说:"以后在公司里我是领导,说了算,但在家里你是我的领导,一切以你为准。岑蔚,成为我的妻子,爱我,陪着我,管着我……"

他说到这里的时候,他们相视一笑。

哪怕已经知道答案,周然还是小心翼翼地轻声询问:"好不好?"

这里没有鲜花也不够浪漫,但在这一刻,眼泪还是盈满了眼眶。岑蔚点点头,把左手伸给他。

她戴着戒指,戒指的尺寸刚刚好。周然有些意外,原本打算再重新买一个戒指。

岑蔚的这枚戒指是 2018 年的款式。她已经买不到配套的男戒了,现在周然手上的戒指是今年刚出的新款。

"你先戴这个戒指,明天我去把今年的女款戒指买了。"

岑蔚摇摇头:"我就喜欢现在的这个戒指。"

虽然这两枚戒指在款式上不是一对,但在意义上更完整。

这说明他们两个人兜兜转转总要走到一起,总要相爱。

周然站起身,把她拥入怀中,终于能合情合理地喊出那个甜蜜又腻歪的称呼。

"老婆。"

"嗯。"岑蔚踮起脚亲他的下巴,被周然低头吻住了双唇。

周末他们俩回家吃饭,想把这个消息告诉家人。

可两个人还没把戒指拿给爸妈看,就被另一个好消息抢了先。

岑悦彤怀孕了,已经快两个月了。

岑烨和顾可芳看着女儿和女婿们,高兴得想掉眼泪。

岑烨坐不住,站起身要出去再买点儿菜回来。

岑蔚拦着他说"不用"。顾可芳挥挥手,拆穿他说:"让他去吧,他就是想出去向邻居们炫耀。"

岑烨瞪她一眼,否认道:"我才没有。"

大家心照不宣地笑起来。

岑悦彤现在有身孕,喝不了酒。祝樾和周然的酒量加起来都不怎么行,最后还是岑蔚陪着岑烨喝的酒。

岑烨还记得这两个女儿上学的时候一个比一个能赖床,转眼间她们都长这么大了,自己也老了许多。

岑烨喝得醉意朦胧。今天双喜临门,顾可芳就没拦他,任由他尽情地喝酒。

"幺儿。"他喊岑蔚。

"嗯?"

岑烨问:"你想不想去找你的妈妈?"

岑蔚怔了两秒才反应过来这句话是什么意思,举起酒杯,弯着眼睛朝她的父亲笑:"我妈不就在这儿吗?我还要去哪里找她呀?"

没想到她会这么说，岑烨红着眼睛点头："对，对。"

最近的好事还真是一件接着一件地发生，岑蔚听说周以也有男朋友了。

岑蔚不知道发生了什么事，兄妹俩的关系渐渐地熟络起来。上次顾可芳给他们做了泡菜，周然还特地多要了一瓶泡菜，把它寄到了申城。

有一天岑蔚把洗好的衣服晾到阳台上，听到周然在和谁发语音。他像是在骂人，语气凶巴巴的。

她回到客厅里，问："你在和谁聊天呢？"

周然放下手机，回答："周以。"

岑蔚皱眉："你那么凶干什么？"

周然像个告状的小学生，说："她说我是猪。"

岑蔚乐了，拿起桌上的一包橘子干，坐到他的旁边："那我平时喊你'小猪'，你不是挺乐意的吗？"

周然说："那能一样吗？"

岑蔚喂他吃了一片橘子干。周然觉得酸，皱起眉头。

"不好吃呀？"

"酸。"

这是岑悦彤最近爱吃的。岑蔚上次在她家尝了一片橘子干，觉得酸酸甜甜的橘子干很好吃，就跟着买了一包。

"多吃点儿酸的东西，开胃嘛。"岑蔚津津有味地嚼着橘子干，眉头都没皱一下。

"那你赶紧多吃点儿。"周然在这件事上还挺有挫败感的，养她养了大半年了，她的胃口还是和原先一样，体重也没涨多少。

岑蔚倒是对自己现在的身材很满意，还让他不要散播焦虑。

"我是希望你健康。"

"我健康着呢，你不是把体检报告都看了好几遍吗？"

周然决定明天让杨玉荣杀只鸡煲汤喝。

岑蔚早上开车的时候发现车门上有一道刮痕,也不知道什么时候留下的。下班后,她把车送去补漆。

周然本来在加班,听说她去了4S店,硬要来接她。

他和周嘉诚上学的时候都坐在最后一排,但也好多年没见面了。

周嘉诚寒暄着说他真是越变越帅了。周然笑着回了一句:"都是岑蔚养得好。"

岑蔚在旁边听着他们说话,特别想翻一个白眼。他这是说的什么话呀?这么秀恩爱,他也不怕遭天谴?

其实,她猜都不用猜他的那点儿小心思,他就是知道她今天要见周嘉诚,特地跑来宣示主权呢。

她估计他等这一天也等了很久了,明明人家连情敌都算不上,充其量是一个假想敌。

岑蔚由着他使小性子。毕竟周然在青春期时确实没少因为周嘉诚受委屈。

周嘉诚看着眼前的两个人,还是忍不住感叹道:"我是真没想到你们俩会在一起。"

岑蔚挽着周然的胳膊,说:"缘分嘛,只要来了挡也挡不住。"

"你们结婚的时候一定要喊我去呀,我给你们包大红包。"

周然回答:"那是肯定的,但人来就行了。"

走出4S店,岑蔚压低声音对周然说:"我发现你的心眼儿真的很小。"

某人毫不在意地回答:"装你够用就行了。"

尾声
致我最喜欢的你

十月十四号是周三,早上老板又带着总监翘班了。

到了吃饭的时间,员工们打开微信,发现那俩人同时发了一条朋友圈。

图片都是一样的,在结婚证上的合照里,周然穿着白色西装,岑蔚穿着白裙,郎才女貌,十分般配。

他们一个人配的文案叫"是老板,也是老伴儿",另一个人配的文案看起来倒是挺正经的,但也不能细品——"第一天上岗,领导人美心善,决定终身任职"。

他们发布朋友圈后,评论区和聊天列表就立刻热闹起来了。

岑蔚逐条回复了送祝福的评论。周然要往公司群和朋友群里发红包,直接往每个群里都丢了红包,让他们自己去抢。

晚上他们俩找了一家山间的小餐厅吃饭,窗外绿树成荫,秋风凉爽。

太阳落山之后,屋里亮起橘黄色的暖光。屋外有一片露台,他们吃过饭,周然说看会儿月亮再走。

入秋了,夜风带着寒意吹来,山上的气温很低。

岑蔚今天穿着白色的短袖长裙。周然揽着她的肩膀,问:"你冷不冷?我去车里给你拿外套。"

"还行,我没事。"

周然说:"那我冷,你去帮我拿外套。"

岑蔚抬眸看着他,隐隐约约察觉到了他的意图。

周然憋着笑,把她往停车的地方推:"快去。"

"嘀"的一声,车尾灯亮了一下。

岑蔚走过去,打开后备厢。

气球被鲜花和绿叶簇拥着,形成了一片小花园,一串灯闪烁着光亮,周然把正中间那束白玫瑰拿出来递给她。

岑蔚很想表现得惊讶一些,比如像电视剧里的女主角那样惊呼一声后开始掉眼泪。

但她下意识地"扑哧"一声笑了出来。

她一笑,周然也跟着笑,两个人抱在一起笑了好一会儿。

这里面的笑点只有他们俩明白,这一刻的情绪也只有他们俩能分享。

"浪漫吗?"周然问。

岑蔚很捧场地回应:"浪漫死了。"

有路人看见了这一幕,还以为周然是要求婚,渐渐地都围了过来,起哄鼓掌。

氛围被烘托到了这儿,周然觉得自己不能不跪了,让岑蔚把戒指摘下来,自己重新求一次婚。

岑蔚没理他,抱着花向围观的群众解释:"我们俩已经结婚了,是出来过纪念日的。"

旁边的女孩用胳膊肘碰碰自己的男朋友，意思是让他多学学人家，别一年比一年不肯花心思在这方面上。

两个人牵着手走到栏杆边吹夜风。周然说："我以前怎么都想不到会有这么一天。"

岑蔚还把花抱在怀里，不愿意撒手。周然想帮她拿着花，她也不把花给他。

"我以前要是知道会有这么一天……"岑蔚抬头看着夜空。月亮被云层挡住了，她只能看见一片朦胧的光影，"我会原谅后来生活中所有的不幸。"

她不贪心，如果幸福需要用同等的苦难来换，现在她回过头看看，觉得一切都值得。

他们结婚后的生活似乎也和以前的生活没什么差别。他们每天上班、下班，晚上躺在沙发上看电视，周末的时候一起回父母家里吃饭。

周展走后，周然爷爷的身体就不如从前了，每个月都要去医院复查一次。杨玉荣交代周然，让他别忘了送爷爷去医院。

听到他们的对话，岑蔚才惊觉已经月底了，她这个月的生理期还没来。

他们领完证之后，岑蔚就有意识地停了药。她没和周然认真地商量过，就觉得这件事得靠缘分，也许眼巴巴地等着反而不会如愿。

周然见她心不在焉，碰了碰她的手臂："怎么了？"

岑蔚回过神，挠挠脸，嘀咕："不会吧？"

"什么不会？"

桌上还有其他人，岑蔚只朝他凑近了一些，对他说："回家前咱们去一趟药店。"

周然紧张起来，问："你哪里不舒服吗？"

"没有,先吃饭。"

半分钟后,周然提起一口气,扭头呆愣地看着岑蔚。

周建业看他们俩一眼,疑惑地问道:"干吗?"

岑蔚挽着周然的胳膊,回答:"没事,我们出门的时候好像忘了喂狗。"

周建业忍不住说教:"你们都是多大的人了,还能忘记这点儿事?你们俩要是忙,就把它抱来让你妈养着,反正她在家里没什么事干。"

岑蔚笑着点点头。

周然没去药店,直接开车带她去医院里做检查。

领完报告单,两个人都是蒙的,谈不上高兴或兴奋,更多的是茫然,脑袋里一片空白。

医生给岑蔚开了叶酸片。周然排队拿药后两个人走出医院,停下脚步对视一眼。

冬天的冷风吹来,他们冻得打哆嗦,终于有些反应过来了。

周然礼貌地开口问:"我现在想抱着你转圈,可以吗?"

"不可以。"岑蔚一口回绝,"你回家去抱着粥粥转圈。"

"好的。"

岑蔚平时就爱吃酸的食物,也能吃辣的东西,孕期里口味倒是没有明显的变化。

直到有一天晚上十一点多,她刚躺进被窝里,突然又坐起身,对周然说:"我饿了。"

"我给你下一碗面?"

岑蔚摇摇头:"我想吃炸鸡腿。"

此言一出,两个人顿时大眼瞪小眼。

他平时把鸡腿肉剔好喂给岑蔚吃,她都抗拒地躲开,嫌肉太油腻。

"你怎么突然想吃炸鸡了？"

岑蔚撇撇嘴，心里莫名地来了火气。她踢了他一脚，说："你说呢？是我想吃吗？是我喜欢吃吗？"

周然哑口无言。

他翻身下床，从衣柜里拿出外套穿上，只能说感谢快餐店全天不打烊。

出门前，周然回到床边亲了岑蔚一口，说："我马上回来。"

他又摸了摸她的小腹，叹了口气，无奈地说道："你怎么老是挑你爸的陈年恶习遗传呢？"

元旦的时候，周然带着家人去位于江南的溪城见周以的男朋友，听说两个人也是久别重逢。

岑蔚还处于孕期的前三个月之中，怕胎儿不稳定，这次就没跟着一起去，正好也回娘家住两天。

现在家里有两个孕妇，顾可芳和岑烨天天想着怎么给她们俩补身体。

"你这才怀孕两个多月吧？已经有点儿显怀了。"岑悦彤打量着岑蔚的肚子说。

岑蔚冲她眨着眼笑了笑，悄悄地告诉她："上次我去医院做B超，医生说看到两个孕囊了。"

岑悦彤惊讶地张大嘴，替她高兴，又担心地说道："那你会很辛苦的。"

"还行，我感觉也没什么特别大的反应。"岑蔚说，"那天我去周然的奶奶家，她说她当时怀周然的爸爸和小叔的时候就这样，肚子比一般人的大，其他方面都还好。"

"天哪。"岑悦彤小心翼翼地摸着岑蔚的肚子，这种感觉太微妙了。

夏天又到了,天气炎热,岑蔚开始想吃冷饮。

周然不让她吃冷饮,但禁不住她软磨硬泡。

店员把去冰的薄荷牛乳饮料递给他,周然觉得饮料还是太凉,用手掌握着杯身,想再把它焐热一些。

心橙的杯套上新了,最新款的杯套还是按岑蔚的想法设计的。

原来的杯套上印着他们的品牌slogan"Get your wish",这句话是心想事成的意思。

岑蔚觉得这既然是心橙对顾客们的祝福,是不是可以把它保留下来,而不是让它和空塑料杯一起被丢进垃圾桶里?

新杯套上有一圈虚线的折痕,正面上印着花体字的"Get your wish",顾客把它沿着虚线撕下来后,空白处正好能露出塑料杯上的心橙Logo,而纸片的背面就成了留言板。

顾客可以把纸片随手放进包里当便签用,也可以把它当作好运符,讨个吉利。

今天天气很好,阳光灿烂,万里无云。

柜台前人多拥挤,岑蔚在窗边坐着等周然。

前几个月她特别爱吃肉,人一下子变得圆润不少,胃口也好多了。

周然转身看到了妻子,她的半边身子沐浴在阳光里,长发被束成低马尾,侧脸的线条柔和恬静。她比以前更漂亮了。

他勾起嘴角笑了笑,走过去把饮料递给她,叮嘱:"只准喝两口哇。"

岑蔚"哦"了一声,嘟囔:"小气鬼。"

她小口小口地喝着饮料,脸上浮现出心满意足的笑意。然后她小心翼翼地把杯套上的卡片撕了下来。

"给我。"周然向她伸出手。岑蔚把卡片放到他的掌心里。

周然从西装的口袋里取出钢笔,打开笔帽,在纸上写了一句话。

"走吧,回家了。"

岑蔚手里的饮料被他毫不留情地拿走。他把那张刚写好的卡片放在她的掌心上。

岑蔚踮起脚,抓着他的胳膊:"我再喝一口,就喝最后一口。"

"不行。"周然含住吸管猛喝了一大口饮料,清凉的味道让他皱起眉。他问岑蔚,"你是不是小时候偷吃过牙膏啊?"

"你才偷吃过牙膏。"

周然迅速喝光了那杯薄荷牛乳饮料,把塑料杯扔进垃圾桶里,这样她就不会还想喝饮料了。

回到车上,岑蔚才想起看手里的卡片,把卡片翻到背面,看见他在上面写了一行字:

"夏天快乐,我最喜欢你。"

她扬唇微笑,嗔他:"崽都有了,你肉不肉麻呀?"

周然说:"我每天给你写,你就习惯了。"

脑筋一转,岑蔚期待地问:"那我每天都有饮料喝吗?"

周然让了一步,说:"明天我可以给你买热饮喝。"

岑蔚无奈地说:"哪里有热的薄荷牛乳饮料?"

"我让程易昀研究研究,说不定热饮会更好喝呢?"

岑蔚笑了,说:"你快放过他吧。"

有一个秘密,周然从来没有把它告诉过任何人。

他曾经在某一个难以入眠的深夜里,提笔写了一封情书。

开头叫"致我最喜欢的你",他写完后看着那几个字,又涨红了脸,把"喜欢"涂掉,在旁边重新写上"讨厌"。

那封信是这样的：

致我最讨厌的你

"你好同学，我叫周然。"

在遇见你后的十分钟里，这句话在我的脑子里绕了一百八十九圈。但直到走到教室门口，我也没敢过去和你打招呼。

明天就期末考试了，我听说你想学艺术，加油！你每次画的黑板报都很好看。

到了下学期，我们应该就不在一个班里了。

老实说，我害怕自己会不习惯，因为我已经习惯了在发呆的时候看窗外的树，以及看离我很远的你。

我希望你不高兴的时候就不高兴，你不要对谁都笑，那副模样真不漂亮。

当然，其实你也没有不漂亮的时候。我只是讨厌你总是勉强自己。

夏天到了，你喜欢夏天吗？我不喜欢夏天，夏天又闷又热。

哦，对了，我没有办法再把你喜欢的那种巧克力送给你了，小姑和男朋友分手了。

还有，我决定从明天开始不再喜欢你了。

你说，如果十年后我们俩重新遇见了，你还会认识我吗？

你肯定不认识我了。你都不愿意和我说话了。

但我还是要谢谢你，是你让我这一年变得五彩斑斓。

虽然我马上就要撕掉这封信,但还是得告诉你一下——我不讨厌你,一点儿都不。

最后,祝你夏天快乐。

—正文完—

番外一
带崽日常

来年的盛夏，晚风吹过嘉陵江，落日的余晖倒映在江面上，江面波光粼粼。

两个小朋友在昼夜交替时伴随着晚霞出生了。晚霞是他们收到的最好的礼物。

两个人早早地说好了，大孩子跟岑蔚姓，小孩子跟周然姓。

孩子的名字是周然想的，姐姐叫岑时雨，弟弟叫周时停。

名字没有什么特别的寓意，两个人就是希望两个孩子未来可以不骄不躁，希望他们有雨时便停一停，快快乐乐，平平安安。

这年的春节，周以一家人也回山城过年了。

双胞胎已经会说好多话，时雨被姑姑抱在怀里，家里人都说她和小时候的周以简直一模一样，还把老照片拿出来看。

在满室的热闹气氛里，奶奶悄悄地背过身去，用手抹了抹眼角。

岑蔚看到了,拍了拍一旁的丈夫,想让他过去看看奶奶。

周然轻声说:"她就是想小姑了,没事。"

小时雨白白嫩嫩的,最讨大人的喜欢,尤其是姑父李至诚,每次一抱她就不肯撒手。

他们家生了一个儿子,儿子就比双胞胎小了一岁。

大年夜里,周然要发红包,让三个小朋友排队站好,一个个按顺序领红包。

他把第一个红包给了小船儿。小男孩的性格更像他爸爸的性格。他收到红包后笑得眼睛都眯成了一条缝儿,活脱脱一个小财迷,响亮地喊:"谢谢舅舅!"

周然捏了捏他的脸蛋儿,应了一声,道:"去玩吧。"

下一个是时停。周然把红包递给他,小孩仰着脖子接过红包,也学着喊:"谢谢舅舅!"

大人们一听这句话,哄堂大笑起来。

周然把周时停抱起来,用力地揉了揉他的圆脑袋,哭笑不得,问:"你再看看我是谁?"

周时停"嘿嘿"地笑了一声,说:"爸爸。"

周然开玩笑说:"要不,过两天你跟你姑姑他们一起回家吧?"

"好哇。"周以朝周时停张开手臂,问道,"停停跟我回溪城去,好不好啊?"

周时停摇摇头,抱着爸爸的脖子,趴在他的肩膀上。

周然感到欣慰,儿子虽然有些呆头呆脑,但还算是有良心。

在育儿这方面,周然和岑蔚都认为环境很重要。

所以他们规定有小孩在场时,大人们都要格外注意自己的言行举止,不能让小孩在耳濡目染之下养成一些坏习惯。

李至诚在这方面就持有不同的态度,一直和小船儿当哥们儿。

为此周以没少头疼。

大年初一他们坐在一起吃饭,李至诚在查阅公司这次开展春节新活动的流水账。他看着飙升的折线图,心情一好,忍不住以骂粗话的方式感叹了一句:"我……"

他还没骂出第二个字,就受到了对面大舅哥冰冷的凝视。

李至诚咽下原本的那句话,清清嗓子,扬起嘴角拍了拍手,改口说:"哇!"

周然这才收回目光。

李至诚朝周以凑过去,悄声告状:"他好凶。"

周以把手伸到桌下,拍了拍他的大腿,让他安分点儿。

周建军见周然的杯子空了,起身要给他倒酒,被岑蔚捂着杯口拦住了。岑蔚说:"小叔,别给他倒酒了,他再喝酒就不行了。"

"过年嘛,难得喝一次。"

岑蔚把自己的杯子递过去:"那你把酒倒给我,我帮他喝。"

李至诚和周以对视一眼。他挑眉,她竖起了大拇指。

李至诚想的是:看吧,在外面再横的男人回到家里还是老婆的小狗。

周以想的是:嫂子真乃吾辈的楷模。

周时停最近对小狗的尾巴很感兴趣,动不动就伸手去抓粥粥的尾巴。

姐姐时雨告诉他要轻轻地摸小狗。但显然他并不理解"轻轻地"是什么意思,也不太理解"摸"到底是怎样的动作。

有一次他用两只手分别抓着粥粥的两只耳朵,想骑到它的身上去,把小狗吓坏了。粥粥现在一看见他来了就跑。

妈妈在给姐姐扎辫子,爸爸在阳台上擦窗户,没人陪着他玩,小狗又见了他就躲。周时停孤零零地站在客厅里,心里涌上一阵委屈,闭上眼张开嘴,开始大哭。

岑蔚闻声抬起头，抽不开身，只能喊："老公。"

"来了。"

"哎哟，我们家幺儿呀。"周然从阳台上走过来，抽了一张湿巾擦手，把号啕大哭的小男孩抱起来，"怎么了？"

周时停伸出手指，指着不知道什么时候又趴到岑时雨脚边的粥粥，委屈地抽泣。

周然用手掌抹了一把他湿漉漉的脸，感叹："周时停，怎么连狗都嫌你呀？"

众所周知，一家五口人的家庭地位由高到低是这样的：岑蔚、周时雨、周然、粥粥、周时停。

平时岑蔚和周然忙着工作，就把两个小孩送到爷爷奶奶家或者外公外婆家，下了班再去把他们接回来。

有时候两个人想过二人世界，也会谎称要加班，实际上偷偷摸摸地出去约会了。

下午岑蔚接到家人打来的电话，顾可芳说时雨的手被虫子咬出了一个肿块，问岑蔚要涂什么药膏。

"药膏在家里，是上次周然买的，我去问问他。"

岑蔚拿着手机去总裁办公室里找周然。他不在，应该是在开会。

"要不你问问姐夫吧，他应该知道。"

"行。"顾可芳又问她，"你姐今天把小愿也送来了，要不让他们三个人都住在我这里吧？你明天再来接他们。"

岑蔚求之不得，说："知道了，他们俩今天还乖吧？"

"乖着呢，他们在陪你爸看电视。"

岑蔚不知道周然什么时候开完会，下班后给他发了一条消息，说自己在楼下的心橙门店里等他。

货架上摆着这次的新品系列饮料，岑蔚把一个歪了的杯子摆正，走到队伍的最后站定。

排在她前面的两个女人在挑选橱柜里的蛋糕。

一个女人问："这个咸奶油蛋糕很不错，老师你要试试吗？"

另一个女人回答："换一个吧，我对杏仁过敏，买这块抹茶蛋糕好了。"

岑蔚抬眸，女人的侧脸在眼前一晃而过，对方很快就站直了身子，只留给岑蔚一个背影。

"这次你回来是打算在这里定居了吗？"

"没有，我就回来看看亲戚朋友。"

她的声音很温柔。岑蔚莫名觉得她的声音有些熟悉。

手机屏幕亮起，周然打来了电话。

"喂。"岑蔚接起电话，把手机放到耳边。

"好，我在路口等你。"

岑蔚走出咖啡店时，天边的晚霞十分绚烂。她握着纸杯，还是忍不住停下脚步，回过头远远地看了一眼。

岑蔚想知道那个女人是不是她，想问问她这些年过得好不好，想说我也有孩子了，我的孩子比我幸运。

但岑蔚想来想去，又觉得这些话都没必要说。

她收回目光，打消了念头。

周然把车停在路边。岑蔚拉开车门坐进去，第一时间和他分享好消息："小愿也在那里，妈说今天让他们住在那儿吧，咱们明天再去接他们。"

"好。"周然打着方向盘，朝她抬了抬下巴，"你快看看今天有什么电影。"

此时恰好是晚高峰，路上堵车，夜幕逐渐降临，岑蔚摸着小腹说："好饿。"

周然拉开副驾驶前面的收纳柜，从里面翻出一包儿童高钙饼干。

岑蔚仿佛发现了什么不得了的事,指着他"哼"了一声:"好哇,你偷吃儿子的零食。"

周然把她的手指按回去,企图拉她一起下水:"你尝尝,这饼干又香又脆,还不含糖,比超市里一般的饼干好吃多了。"

"真的吗?"岑蔚将信将疑地拆开包装,取出一块饼干塞进嘴里。

两秒后,她睁大眼睛"嗯"了一声,认可地点点头。

"怪不得周时停那么喜欢吃这种饼干。"她又往嘴里塞了一块,顺便也喂给了周然一块。

周然说:"家里的那种蔬菜小饼也不错,我拿了两包那种饼干,放在我办公室的抽屉里了。"

"还有吗?"岑蔚转眼间就和他同流合污,成了他的共犯,"待会儿咱们看电影的时候可以吃。"

周然今天晚上有应酬,岑蔚带着时雨和时停去爷爷奶奶家吃饭。

老居民区里有人在办白事,他们远远地就听到了唢呐奏响的哀乐。

小孩子总是对很多事物充满好奇心。时停突然拽了拽岑蔚的手,问:"妈妈,他们在干什么?"

"嗯……"岑蔚想了想,回答,"他们在举行仪式,有人要回家了,他的朋友要送他。"

时停问:"那他不回来了吗?"

岑蔚说:"他不回来了,每个人都有自己该去的地方。"

"那他的朋友想他了怎么办?"

岑蔚不知道这个年纪的孩子更需要的是童话还是能解答疑惑

的真相。

她很难回答这个问题,所以选择告诉他们:"你们也许现在还听不懂,但以后会学到一个词,叫'死亡',死去的人会被送到另一个世界,活着的人就见不到他们了。"

"像小姑婆那样吗?"时雨突然抬头问。

岑蔚有些惊讶,问:"是爸爸告诉你们的吗?"

时雨点点头:"爸爸说死了的人会住在另一个星球上。"

"他还跟你们说什么了?"

"爸爸说我们和他们会再见面的。"

岑蔚看了一眼远处的白色棚子,牵起小朋友们的手,继续往前走:"爸爸说得对,大家会再见面的。"

晚上,还没到九点周然就回家了。

岑蔚正在厨房里切水果,问他:"你怎么这么早就回来了?"

"我说老婆催我回家带孩子。"周然脱下外套,"不得不说,这个借口真好用。"

岑蔚笑了笑,把盘子递给他:"你也不怕别人笑你?"

周然喝了酒,正觉得口渴,叉起一片岑蔚切好的梨,说:"我先吃一块了。"

岑蔚说:"我就是给你切的梨,他们俩早吃完了。"

周然嚼着清甜的梨,发现岑蔚在看着他笑:"怎么啦?"

岑蔚摇摇头,移开目光:"没什么。"

"快说,是不是我干什么坏事了?"

岑蔚皱眉:"你干什么坏事了?"

"我没干哪。"

岑蔚不太相信,问:"那你这么心虚干什么?"

周然说:"你突然看着我笑,我能不心虚吗?"

岑蔚乐了,说:"我还不能看着你笑啦?"

周然眯了眯眼。

岑蔚伸手搂住他的腰,开口说:"我就是觉得,你真好。"

孩子们还在外面,她不好意思抱他,所以踮起脚,在他的耳边轻轻地说:"我好爱你。"

周然翘起嘴角,虽然不知道她今天怎么了,但还是很受用地低头亲亲她的脸颊,回答:"我也好爱你。"

"甜吗?"岑蔚指的是梨甜不甜。

"甜。"

番外二
夏日纪事

今年夏天,山城的气温居高不下,烈日当空,热气蒸腾,人们每次出门前都得做一番心理建设。

七夕又要到了,节日是最好的促销广告。岑蔚下班后去门店里转了一圈,货架上的新品水杯排列得整整齐齐,今年的主题叫"夏天的风",杯子都是浅绿色的。看着店里的顾客都被吸引过去,她偷偷地翘起嘴角。

手机屏幕亮起,周然给她发微信,叫她出去。

两个小孩最近住在爷爷奶奶家里,用不着他们操心。

一到夏天岑蔚的胃口就不好。周然说今天晚上带她去巷子里的一家老火锅店吃饭。

他把车停在了路边。岑蔚打着伞走过去,才走了几步的路,额头上就出了汗。

坐进车里,她长长地叹了一口气,向丈夫抱怨六点多了太阳还这么晒。

周然抽了一张纸递给她,让她擦汗,说:"蓉城今年也热,纪清桓问要不要一起找个地方出去避暑?"

一听说要出去玩,岑蔚咧开嘴:"好哇好哇。"

正值饭点,他们去得又晚,火锅店里已经坐满了客人,外面也有一群人在等位。

他们俩找到一个地方坐下。周然拿着刚刚被别人塞到手里的广告单,对折起来给岑蔚扇风。

天一热人就容易没精神,岑蔚打了一个哈欠,把脑袋靠在周然的肩上。

"九月份气温会下降吗?"岑蔚问。

周然也不确定,说:"可能会吧。"

岑蔚说:"要是一直这么热,我们还得准备一点儿藿香正气水。"

周然笑了笑,对她说:"反正,不管是四十度还是下大雨,你都跑不掉了,新娘小姐。"

岑蔚翘起嘴角,叹了一口气,假装无奈地说道:"好吧。"

"现在把婚礼换成室内的还来得及。"

岑蔚摇头。比起绚丽的灯光,她更喜欢阳光;比起豪华的宴会厅,她更喜欢草地和天空;比起漫天飘落的花瓣,她更喜欢和煦的风。

她想让这个世界上那些亘古不变的自然景物当他们的见证人。

过了一会儿,店员终于叫号喊他们进去。

岑蔚先要了两瓶北冰洋,用开瓶器打开瓶盖,"哧"的一声,橙子汽水在玻璃瓶内冒着细密的泡。

每次他们出来吃火锅,岑蔚都觉得周然调的蘸料比她自己调的好吃,但明明他们俩加的东西差不多。

她也发现了，周然这家伙在吃美食方面确实有些造诣。

他教她吃火锅鸭血拌蛋炒饭，原本干爽的饭粒浸满火锅的汤汁后变得有些黏稠，鸭血鲜嫩，入口即化。他们把鸭血拌在炒饭里吃，这样解了辣味，却增了香味。

还有之前周时停挑食，不喜欢吃玉米，周然就把玉米粒拌进虾肉里做成虾滑。他总有一些办法把普通的食材变为惊人的美食。

"怪不得你能吃到两百斤。"

周然拉下脸："我有一米九这么高。"

岑蔚敷衍地点点头："知道了，知道了。"

七点多他们才吃上晚饭，岑蔚本来就饿了，火锅的香味更是开胃。她舀了一大勺炒饭，说："吃完这顿饭，从明天开始我们就控制饮食。"

周然把烫好的鹅肠放进她的碗里："为什么？"

岑蔚被辣得噘着嘴唇吸气，含混不清地说："我的那条裙子超级收腰的，好不好？"

"那你别吃主食了。"周然把手伸过来，要把她面前的炒饭端走。岑蔚赶紧护住炒饭。

"我说吃完这顿饭啦。"

周然涮着毛肚，想到什么事，笑了一声，说："以前我听人家说，南方人的爸妈给自己的宝宝取的小名都叫'小汤圆''小糯米'什么的，你说要是我们也这样取名，是不是宝宝就得叫'小毛肚''小鸭血'了？"

岑蔚掩着嘴"扑哧"笑出声。

周然说："回去我就这样喊喊他们，说不定周时停会喜欢呢？"

岑蔚瞪他："你觉得'毛肚妈妈''鸭血爸爸'好听吗？"

周然想了想，说："也是。"

他们从火锅店里出来时,天已经黑了,但天气依旧闷热。

他们俩没急着回家,沿着阶梯向上走。江对面的高楼大厦闪烁着灯光,山城到了夜晚也是充满活力的。

周然抬头看了看,问岑蔚:"这上面是不是有一家小酒馆?"

岑蔚点头:"对,不知道它现在还开不开门。"

"咱们要去看看吗?"

岑蔚毫不犹豫地拒绝:"不去,我在那里有黑历史。"

周然勾起嘴角:"什么黑历史?你认错男朋友的那次吗?"

岑蔚转过脑袋,睁大眼睛,疑惑地看着他:"你怎么知道?"

周然还是笑,告诉她:"当时我就在旁边的那桌坐着。"

那都是很多年以前的事了,那会儿岑蔚还没有和白朗睿正式在一起。

七夕节时,他们约着在酒馆里吃夜宵。店里的灯光十分昏暗,桌子上又有一大捧玫瑰,正好挡住了后面男人的脸,男人的身形和穿着和白朗睿很像。岑蔚找错了人,店员也误会了时机。

音乐响起后,一束追光打在岑蔚和那位陌生人的身上,幕布上亮起"Marry me(娶我)"的花体字,两个人面面相觑,都蒙了。

男人抬手叫停,连忙解释。岑蔚赶紧放下怀里的花,鞠躬道歉。

她被白朗睿牵走,一路上尴尬地低着头,没脸见人。

现在她回想起来,那一出乌龙事件已经变成笑料了。

但岑蔚不知道那时周然也在场。

她问他:"你当时就认出我来了?"

"嗯,你又没什么变化。"

"那之前在心橙,你还故意假装忘了我?哇,你好幼稚呀,周然。"

周然不理她，专心地走路。

事后他想想，如果当初就把她当成许久不见的老同学，大大方方地跟她寒暄几句也没什么大不了的。

也许，这才是正确的做法，是成年人体面的社交礼仪。

周然也不知道自己为什么在岑蔚的面前总会变得这么别扭。而且无论他几岁、以什么身份见她，都会变得别扭。

也许，这是因为他习惯性地在意她，在意她就会手忙脚乱、顾此失彼，幼稚得连自己都不理解。

"哎。"岑蔚眨眨眼睛，抬头看向周然，问，"我记得那天是七夕，你去酒馆干吗？你要见谁？"

周然轻笑一声，说："你都在和别人约会了，还管我要见谁呀？"

岑蔚放低声音问："那你当时是什么感受？"

周然摇摇头："我忘了。"

"你难受吗？"

"不会，我替你开心。"

岑蔚愣在那里。江面上吹来晚风，她假装捋头发，擦了一下眼角。

"好吧，我才幼稚。"她说。

大数据检索到岑蔚最近在筹备婚礼后，开始在各种社交平台上给她推送相关的帖子。

岑蔚刷到了好多条关于婚前焦虑的帖子。有人说结婚的这天就是两个人爱情的顶峰了，感情以后免不了要走下坡路。

石阶陡峭，周然小心地扶着她。

岑蔚把这种说法讲给他听。

周然沉默了一会儿，反问她："那你觉得呢？"

岑蔚说："也许说的是对的吧。"

向上爬完楼梯后,他们又走到了一片平地上,这儿的地势就是这样,两个人停下来喘气。

岑蔚眉眼弯弯地补充完后半句:"但我们是山城人哪,走过了坡又要爬坡,这里哪儿有什么顶峰?"

这座城市依山而建,鲜少有平稳伸展的大道,高楼耸立,阶梯蜿蜒,道路起起伏伏。

周然看着她,勾起嘴角:"你说得对。"

他伸出手。她挽住他。两个人并肩走进灯火通明的闹市里。

他们不用怕,也不用担心。

这里是顶峰,但不会是终点,前面有的是向上的路。

山城的夏天十分闷热,他和她的爱情在这个季节里像一阵清爽的风。

风让火焰不灭,让爱人不朽。

他们还有很长的路要走,还有很多很多个夏天要一起度过。

番外三
出逃计划

事业步入了正轨,她和周然的感情也稳定了下来。岑蔚却发现她留给自己的时间变得越来越少了。

某年的三八妇女节,公司给全体女性员工放了假,岑蔚和身边的几个好朋友约着喝下午茶。大家聊起各自的家庭和生活,觉得有必要好好地犒劳一下她们这些努力工作、认真生活的都市女性们。

于是,在春暖花开的五一假期里,岑蔚、戚映霜、沈沁、明初月一行人决定前往欧洲开展一次浪漫的旅行。

地点被定在了地中海中心的岛国马耳他。对于她们这些从小生活在内陆的人来说,大海是神秘的圣地,自由、开阔,足以治愈一切坏心情。

她们启程的前夕,岑蔚在网络上搜寻了许多旅游攻略,为出行做好了全方位的准备,连周然的手机也受到了她的影响。他开始频繁地刷到关于北欧风景的推送图文。

时雨和时停在拼乐高积木。周然坐在沙发上,一边滑动手机屏幕,一边对岑蔚说:"洪崖洞不比那个地方热闹?你别被网上的滤镜骗了,那些都是坑。"

岑蔚抱着晾好的衣服从阳台上走过来,把衣服放到周然的身边,说:"得了吧,你自己去过几次洪崖洞啊?"

周然放下手机开始叠衣服,小声嘀咕:"哪个本地人会去洪崖洞啊?"

"那不就得了,总是外面的风景比较好看嘛。"

周然忍不住抱怨:"那里也太远了。"

岑蔚听出了他的意思,笑了笑说道:"周时停上幼儿园的时候,分离焦虑都没你严重。"

周然语气严肃地说:"这不一样。"

岑蔚不想和他争辩,盘腿坐到孩子们的身边。

周然清清嗓子,装作不经意地说:"要不我和你一起去吧?正好我年初办了护照。"

岑蔚刚要开口,敏锐地意识到什么事,眯起眼回头看向周然,问:"你是不是和纪清桓他们串通好了?"

周然心虚地垂下目光,把叠好的衣服放到另一边:"串通好什么?"

岑蔚"哼"了一声,刚在群里看到沈沁说夏千北明天要去办护照。戚映霜也说纪清桓提出要跟着去办护照。

"好吧。"周然举手承认,试图和她讲道理,"大家一起去,热闹热闹,不好吗?"

"不好。"岑蔚叹气,"我们想要一点儿属于自己的时间,才想出了这个出逃计划。"

周然愣了愣,有些不知所措地问:"是我最近让你压力很大吗?"

"没有。"岑蔚立刻否认,同时意识到自己的用词过重了。

周然问:"那怎么了?"

岑蔚坐在他的身上,放轻声音回答他:"我们就是偶尔想重返二十岁,不用做谁的妻子、谁的妈妈、谁的员工,可以熬夜,可以到处去玩,可以和朋友们一起喝酒,可以一觉睡到下午,什么都不用担心。"

她诚恳地认错:"我刚刚说错了,这不是'出逃',你很好,家和公司都很好,只是我需要休息一下。"

沉默片刻后,周然牵着岑蔚的手晃了晃:"那你们就去吧,玩得开心。"

岑蔚张开双臂抱住他,对他说:"你好好地看家。"

周然笑了,说:"我是粥粥哇?"

岑蔚也笑得眉眼弯弯:"你是周周哇。"

戚映霜好几年没有出门远行过,在机场候机时说她这几天要报复式地发朋友圈,让在家里工作的亲朋好友们羡慕她。

岑蔚给周然发消息说自己准备登机了。

她收到的回复却是一条附文"旅途愉快"的转账通知。

岑蔚的嘴角浮现出笑容,她的老公也太贴心了。

周然又给她发了一条语音。岑蔚把手机放到耳边。

语音里一开始是他的声音。他说:"跟妈妈说玩得开心。"

时雨和时停奶声奶气地学着说:"妈妈玩得开心。"

岑蔚按住语音条,对着手机轻声说:"知道啦,你们放假待在家里也要玩得开心。"

沈沁看到她这副满眼含笑、依依不舍的模样,扬声说:"哎,朋友们,咱们到了马耳他之后,谁再提老公或孩子一句就罚款五百呀。"

527

"行！"

"我赞成。"

岑蔚笑着把手机收进口袋里，附和道："可以，谁提谁写检讨。"

沈沁拍手同意："好好好！"

她们对未知国度的好奇与兴奋盖过了长途飞行的疲惫。她们是在夜晚到酒店的，但个个都精神抖擞，决定去附近的街上逛逛。

岑蔚原以为马耳他是一个安静的地方，没想到夜晚的市中心也热闹非凡。这里有各种肤色的年轻人，酒吧里传出音乐声。

走着走着，戚映霜突然冒出一句："我怎么觉得这里有点儿像来福士呢？"

大家异口同声地嫌她扫兴。

戚映霜"哎哟"一声，说："我又没提老公或孩子。"

岑蔚四处张望着，顾不上听她们聊天，举着手机时不时地取景拍摄。入目的一切都是陌生又新奇的，她就没放平过嘴角。

她们挑了一家相对没那么吵闹的酒馆，点了比萨、章鱼沙拉、海鲜意面和当地特色的兔肉。

吃饭前照例要先拍照，几个女人站着或蹲着挑机位，把餐盘调换了好几次位置才拍出满意的照片。

她们很久没有这么认真地记录过生活了，平时吃什么东西好像都一样，更没有闲情逸致拍照留念、分享日常。

这大概就是旅行的意义，旅行像一剂带来活力的药，调动热情，放大快乐。

也许因为奔波一天太饿了，她们吃饭吃得非常满足，菜品都意外地合口味。

当晚十点，岑蔚把手机里的照片发布到朋友圈，配的文案是

"马耳他的第一天,开心!"。

她们考虑到第二天的行程,今晚只是小酌一杯,回酒店洗漱后就睡下了。

首都瓦莱塔的老薄荷街是她们打卡的第一站。这里的马路弯弯曲曲,建筑多呈黄色调,被彩色的门窗和路牌点缀着,古老而独具特色。

走在路上,岑蔚朝周围张望着,疑惑地说道:"这里不是叫'薄荷街'吗?哪里有薄荷呀?"

戚映霜笑着为她解答:"这里以前是铸币街,因为'铸币'和'薄荷'的英语发音很像,所以大家又叫它'薄荷街'。"

网上的旅行帖子说这些"折叠街道"仿佛盗梦空间照进了现实中,但人们来过这里后就知道,其实这里也并没有那么神奇,尤其对她们这些山城人来说。

戚映霜几次欲言又止,就是想说这儿还不如山城的步道热闹呢。

她们陆陆续续把旅游攻略上那些必去的打卡点都逛了一遍,几乎在走路和拍照中度过了前几天。但很快新鲜劲就过去了,她们只觉得累,身心俱疲。

第四天,一行人都早起失败,沈沁在群里说了一句话。

沈沁:这旅游怎么比上班还累?

戚映霜:想念男人们了,有他们在至少我累了有人帮着拎包。

明初月:哎,罚款五百。

岑蔚躺在床上,两条腿酸痛无力。

岑蔚:这样下去可不行,我们是来放松的,不是来拉练的。

沈沁:我今天要睡觉。

戚映霜:我也是。

岑蔚看了看备忘录里的行程表,决定取消原计划,只留一项看日落的计划。

她重新安排好了这一天的活动,并发消息。

岑蔚:睡!下午三点起床,四点出门,看完日落我们就找餐厅吃饭。

其他人纷纷表示赞同。

睡足觉后她们又恢复了活力满满的状态。沿海城市的天空似乎总是更加清澈湛蓝。傍晚时分,夕阳西下,橙色的残阳倒映在海面上,海天一色,落霞烂漫。

她们找了一处礁石,一个接一个地坐上去拍照留念,背后就是汪洋大海,景色绝佳。

在去餐厅的车上,岑蔚翻看着相册里的照片,频频发出感叹。这些照片好看到了她可以直接在朋友圈里发原图的地步,美景似乎把人也衬得容光焕发。

戚映霜说:"还是和姐妹们出来好,我们都会拍照。"

沈沁用力地点头。

岑蔚把照片发布到朋友圈,编辑文案时才惊觉今天已经是她们在马耳他旅游的第五天了。

她突然有点儿想周然,想时雨和时停,想家……

"老夏之前老说想看海,下次我得带他一起来。"沈沁说完,自觉地拿起手机要发红包,"知道知道,我领罚。"

"其实,我也有点儿想我家的那位了。"

"我也是。"

"哎,国内现在都晚上九点或十点了吧,他吃没吃晚饭哪?"

"停停停!"明初月看气氛一下子就低落下去,赶紧出声制止,"姐妹们,他们说不定在哪里逍遥呢?我们现在也要去逍遥,好不好?"

"对对对!"

"OK（好的）！"

她们原本计划明天坐快艇出海，但现在想要更加随心所欲。旅行的目的只有休息和放松，她们坚决不赶行程。

这一晚几个女人彻底放飞了自我，觉得在餐厅里喝酒不过瘾，又找了一家小酒吧继续喝酒。

其间不免有男人来搭讪。戚映霜在国外待过，对她们说这是常见的交流方式，让她们不必过度紧张。

她们对自己的酒量都有数，也没点度数特别高的酒，都没喝醉，就是喝得高兴了，情绪都很高涨。

酒吧里播放的摇滚乐太吵了，她们虽然面对面坐着，也得喊着说话。

"你开心吗？"戚映霜把双手放在嘴边，向对面的岑蔚喊。

"开心！"岑蔚拍拍自己的胸口，一字一句地说，"我感觉我现在好年轻！"

戚映霜继续喊："你本来就很年轻！"

沈沁用一只手拿着手机录像，用另一只手握着酒杯，莫名其妙地想笑，笑得停不下来。

仅剩的理智让她们这一晚更新朋友圈时还记得把各自的老公屏蔽了。

第二天她们都睡到下午才起床。旅行计划完全被打乱了，她们却感到前所未有的痛快和放松。

岑蔚打开手机，看见周然早上给她发了消息。

周然："马耳他的第五天"呢？

岑蔚想了想，回复他。

岑蔚：昨天我们走路走得太累，回到酒店里就睡了。

她等了半天，周然也没有回复她。她算了算时差，国内现在还不到晚上十点，难道他这么早就睡觉了？

戚映霜喊她出去吃饭。岑蔚应了一声，放下手机，没再多想下去。

第二天早上接到周然的电话时，岑蔚还在被窝里睡觉，迷迷糊糊地把手机放到耳边："喂。"

"下来接我。"

"什么？"

"我在酒店的大堂里。"他念出一个英文单词，那正是这家酒店的名字。

岑蔚一下子睁开眼睛："真的假的？"

"戚映霜呢？"

"她在睡觉。"

"叫她起来吧，我的老板和我一起来了。"

岑蔚猛吸一口气，摇醒身边的人。

听到说话声戚映霜就被吵醒了，睡眼惺忪地问岑蔚："怎么了？"

岑蔚掀开被子下床："你老公来了。"

戚映霜不屑地笑了一声，根本不相信这件事，翻身继续睡。

岑蔚顾不上她，换好衣服就匆匆地跑下楼。

两个长着亚洲面孔的男人非常好认，坐在大堂的沙发上，各自喝着一杯冰咖啡，看上去十分惬意，和其他来度假的旅客并无区别。

岑蔚在原地做好了心理准备，才朝着他们俩走过去。

周然抬眸看见了她，但没说话，也没什么表情。

纪清桓先开口问她："我老婆呢？"

岑蔚掏出房卡递给他："她在房间里睡觉，我叫不醒她。"

"唉，这个'起床困难户'。"纪清桓接过房卡，起身去找戚映霜了。

岑蔚坐到周然的身边,接过他手里的咖啡喝了一口,问:"你们俩怎么来了?"

周然不答反问:"你们在这里玩得开心吗?"

岑蔚说:"还行吧。"

"还行啊?我看有些人都'乐不思夫'了。"

岑蔚心虚地提高声音反驳道:"哪儿有?我昨天还跟她们说想你了。"

周然眯起眼,看上去不太相信。

"什么时候?"他化用了一个网络上的热梗,冷冷地说道,"在金毛男夸你漂亮的三十秒里,你是在后悔自己结婚结得太早,还是在担心家里的老公和孩子有没有吃上饭?"

"什么金毛男?还哈士奇呢。"脸上的笑容突然凝固了,岑蔚问,"你是怎么知道的?"

周然无奈地叹了口气,告诉她:"你们忘了屏蔽程易昀。"

岑蔚瞪大眼睛,拍了一下脑门儿,恍然大悟。

她的反应让周然勾了勾嘴角。他拍拍她的脑袋说:"下次要记得屏蔽他。"

岑蔚扬起笑脸,抱住他的胳膊:"你不生气呀?"

"有什么好生气的?"周然说,"我是陪老板来的,他快急死了。"

岑蔚笑着说:"那老板娘是不是惨了?"

周然看她一眼:"你怎么这么幸灾乐祸呢?"

"我是见到你,太高兴了。"

周然下飞机后还没有吃饭。岑蔚陪着他在附近找了一家餐馆吃饭。

"这里的兔肉是特色菜肴,你一定要尝尝。"

周然问:"好吃吗?"

岑蔚说:"说实话,没有咱们那儿的麻辣兔头好吃。我吃了两天这里的菜就吃腻了,那天超级想回家,想吃火锅。"

"早知道我就给你带一包火锅底料来了。"

"哪里有锅煮食材呀?"

"闻闻味道也好嘛。"

岑蔚笑了,告诉他:"不过你来了之后,我好像就没那么想吃火锅了。"

周然抬起头:"为什么?我的血液里流淌着山城的火锅味吗?"

岑蔚闭上眼,无奈地说:"不是啦!"

周然翘起唇角,明白她的意思。

"不过,我还真有一个能给你解解馋的东西。"

"什么?"

周然从口袋里摸出两块薄荷黑巧克力递给她,说:"儿子想偷吃,我把它没收了,怕他以后爱上吃牙膏。"

岑蔚瞪他一眼。

这次旅行接近尾声了,吃过饭,岑蔚还是带周然去了老薄荷街。

这里的街道和山城的很像,起起伏伏,蜿蜒层叠。

周然问她:"这里不是薄荷街吗?哪里有薄荷呀?"

岑蔚笑起来:"我那天也问了一样的问题。"

"所以薄荷呢?"

"等等啊。"

岑蔚拆开一块薄荷黑巧克力,放进他的嘴里。

她在异国的街头不用顾虑太多,含着笑踮起脚,去吻周然的唇。

这一年的夏天依旧炎热,他们一起看到了大海。

离开马耳他时,岑蔚和周然分享路途中的趣事和跌宕起伏的心情。

周然牵着她的手,说:"所以,你们以后出逃时能不能带上我?我搬行李、拎包、买单。"

"可以呀。"岑蔚愉快地同意,"但那就不叫'出逃计划'了,得叫'私奔计划'吧。"

"听上去不错。"周然点点头,开始对此充满期待。